戲非戲169

我當道士那些年 II

My Career Days as a Taoist Priest

城中詭事

卷二

仐三 著

高寶書版集團

卷二·城中詭事

目錄

第四十七章　與鬼交易

不入鬼市不知道，一入鬼市才知道這裡為什麼有那麼大的吸引力。

同人的交易市場一樣，這裡的每個草棚子外面都有一個類似於招牌的紙牌，上面寫著各類資訊，這些資訊對人來說無一不是極度的誘惑。

比如我一路看來，就有幫賭局的，一般就是十局為限，多了就是大家的因果都太深，誰也背不起。但是想想吧，如果有本錢，去大的賭場賭十局，別人不知道你的底牌，而別人的底牌全部被看見……

又比如出賣古墓資訊的，這裡一般都不會是一座古墓，而是好幾座，根據墓裡有什麼而決定代價。

還比如有幫忙解決恩怨，纏仇人的……

更誇張的是有知道天材地寶資訊的……

也就是說，在這裡，你只要付得起代價，你可以榮華富貴，你可以有冤報冤，有仇報仇，一切都不是問題。

這裡是個沒有束縛，完全可以發生任何陰暗事情的市場，沒人管你是否墮落，沒人過問你手段如何，每個人在進來之後都戴上了面具，你根本不知道誰進行過什麼交易！

這些讓我暗自猜想，在現實社會裡，忽然冒出一個富豪，忽然冒出一個運氣逆天，或者那些忽然就倒楣身死的，會不會有好一部分與這鬼市有關係？

在這裡，只有一個束縛，那就是只要你付得起代價。

只是這麼走了一圈，我的眼睛都快紅了，是被內心的各種衝動和欲望給脹紅的，這讓我知道了自己心性其實很脆弱，面對誘惑一樣會心跳加快，就如我想起修行的困難，因為需要大量的金錢支撐，所以只能一切從簡。

如果……

但我也只敢想想，終究在躊躇猶豫間沒有踏進那一間間猶如墳墓的草屋，畢竟師傅的教育我不敢忘，人的底線以及手莫伸，伸手就是因果，在大富大貴與安心之間，你會發現安心更可貴。

「錦衣玉食與粗茶淡飯，吃得香，吃得好的才叫一頓好飯。錦衾玉榻與繩床瓦灶，睡得香，睡得好的才叫一個好覺，而人的幸福就是一頓頓好飯，一個個好覺構成的。這一切的基礎是什麼？三娃兒，你給我記住了，就兩字——安心。」

所以，我終究沒有跨入那一個個草屋，我怕到時候誘惑更深，什麼代價我都應著了。

這樣逛下來一圈，我並沒有發現我想要的，於是徑直走入了求購區，那裡也有一間間的草屋，費用倒是不貴，一千塊錢你隨便用，反正時間只有一小時，一小時之內不管有無結果，你都得離開，所以也就只值一千。

我交了錢，這裡有人負責統一寫招牌，我告訴了那人我的要求，需要尋找××命格之人，便進入了草屋。

其實和鬼市其他的東西比起來，我這個要求算是很小很小的要求，小到那些「好兄弟」都不好意思說賣人的命格資訊，所以我只有求購，而且一點兒也不擔心沒有「生意」上門。

這種小草屋就跟農民守夜的草棚子差不多，裡面照例是有一張桌子和兩張凳子，桌上有一根晃悠悠的蠟燭，除此之外別無他物，我那麼高的個子坐在這小草屋裡確實憋屈，佝僂著腰只想生意快點兒上門。

可能和我判斷的一樣，我的要求確實很小，我在這裡坐了不到五分鐘以後，一個素袍人就上門了，進來之後隨手拉上了草屋外的門簾。

我趕緊正襟危坐，說實在的，心裡感覺怪怪的，畢竟是在與鬼交易，那個素袍人既然叫傳遞者，自然已經是被鬼上身，完全沒有自主意識了。

那素袍人在我面前坐下了，眼睛呈一種詭異的翻白眼的狀態，畢竟是鬼上身，他們本身的眼睛看與不看，都是一樣的，我無意去打量那個人的長相，畢竟被鬼上身的人表情都比較扭曲，那是因為身體產生排斥的關係。

「呃……」那人一坐下就打了個嗝，這是一口陽氣不上不下的表現，好在頻率不是很高，由此可以判斷那上身之鬼是一個老鬼，能控制自己本身的磁場和陰氣，對上身人不會影響太大。

我也不想廢話，直接問道：「你可是有我要尋找的命格之人的資訊？」

「呃……你這算什麼要求，小事而已，我老太婆從民國流浪到現在，這種命格的人……呃……見也不知道見了多少，現在我知道的少說也有上百個。」那素袍人不以為然地說道。

原來是個老婆婆啊，真是很難去適應一個男人在我面前發出老婆婆的聲音。

不過，看它的語氣也不惡，從它的字裡行間我知道這老婆婆也算可憐之鬼，如果是一個入土為安，「君有其所」的鬼哪裡會四處流浪？就算沒有魂歸故里，也不至於漂泊。

要知道，鬼物在這陽間行走，比小偷還可憐，必須找陰暗的角落待著，還得提防各種各樣的事情，一不小心被衝撞了，自己還要虛弱幾分，倒楣的魂魄都被撞散了。

所以，實在沒有必要害怕它們，如果有心為孤魂野鬼放放生，超超渡，在有人指導的情況下，給給食是一件很善良的事情。

至於這老婆婆為啥沒能入輪迴，不是我能打聽的，我也不可以打聽，在這裡，每一句問話，都可能帶來一段因果，還是少沾染的好。

聽見它這麼說，我也就放心啦，我開口說道：「婆婆，我要找這個命格之人，必須是命運多仄，絕對是苦難大到需要有求於人那種，您知道的人裡面有這樣的人嗎？」

那老婆婆打了幾個嗝，不以為然地說道：「這個命格的人哪個的命運會好？沒有短壽就謝天謝地了，放心吧，我知道的上百個人裡至少有二、三十個都到了絕境，恨不得有人來拉一把。說吧，還有什麼要求？」

「要女的，年輕點，不……」說到這裡，我心裡說不上來為什麼，覺得不能拉太年輕的人到這場因果裡來，所以及時改口說道：「只要不太老的都行。」

「這個沒有問題，我馬上就可以給你找出好幾個符合條件的人，姓什名什，住哪裡，都可以給你說得清清楚楚，你再挑選就行啦！你知道的，我們鬼呢，是不撒謊騙人的，不像你們人仗著有一具陽身，做事兒都不怕擔因果，這話說回來，你能給我什麼樣的代價呢？若你是找這樣的人當替身還魂什麼的，那可是大因果，我總不能平白無故地幫你背負吧？」那老婆婆一臉精明相地和我談起了條件，故意把事情說得嚴重了幾分，很神奇的是它連嗝都不打了。

其實，我說好要找有求於人的，就意味著不會強迫，因果會大到哪裡去？可這種事情你也沒法跟「鬼家」證明啊？

我愣在當場，劉師傅只是讓我來交易，根本沒說讓我付出什麼代價啊？可在下一瞬間，我又明白了過來，昆侖的線索哪裡是那麼好拿的，劉師傅是要我給代價來交易。

他那顫巍巍的，仿若風燭殘年的身體，確實已經是不能來交易了，他連走路都是不穩的。

可我能付什麼代價給這老婆婆？我微微皺著眉頭，有些想不出來。

「哼，開門做生意，連自己要給什麼都不知道？你是看不起我等鬼物，來調侃的嗎？」說著，那素袍人一下子栽倒了下去，而一個面目陰森的老婆婆出現在了我的面前。

看它的樣子，我一時間是又好氣又好笑，至於嗎？

第四十八章　金山不能比

我之所以會有這樣好笑又好氣的心情，是因為那老婆婆竟然「嚇唬」我。

鬼畢竟是屬陰的東西，因為需要長期待在陰暗的地方，所有的鬼性都有些乖張，一言不合做出不好的舉動也的確在情理之中，只不過這老婆婆未免有些「可愛」了點兒，它此刻擺出一副青面獠牙血眼睛的樣子在我面前，這樣的舉動幾乎可以說是幼稚。

我沒辦法對它產生厭惡的情緒，是因為它都屬於可以隨意「現形」的鬼物了，可見能力並不低，但它也只是想嚇嚇我，這樣的老婆婆鬼確實已經能算上善鬼了。

只是，它可能「頑皮」的舉動，要是面對的是一個普通人，心理承受能力再弱點兒，估計得被它嚇瘋吧，這也是我覺得可氣的地方。

我有些頭疼地揉揉腦袋，對那老婆婆說道：「您就不能慈眉善目一點兒嗎？就這水準拍恐怖片兒還不夠呢！」

「啊？那你說拍恐怖片兒該什麼水準？」那老婆婆頗為吃驚地問道。

「這個……」我摸著下巴思考了一陣兒，說道：「這個就要配合所謂的氣氛，還有音響效果啥的，然後再冷不丁地出來嚇人！嗯，就是這樣。」

「音響？就是大街上放得震天響，驚得我要魂飛魄散的那種東西嗎？哎，我死得太久了，現在的子孫都不大認識我了，也沒辦法托夢給他們，讓他們給我燒一個。就算燒一個，不是有修為的道士紮的，懂得畫符紋，那根本就是在燒廢紙，做破壞環境的舉動嘛。」這老婆婆恢復了本來面目，其實挺慈祥的一個老婆婆。

還破壞環境呢，我再也忍不住那一絲笑意，說道：「那改天我給您紮一個燒去吧，這紮紙做錢的功夫，我從小還是跟師傅學了兩手兒，這音響比替身娃娃簡單多了，您說好嗎？」

「你就這點條件就想把我打發了？不行，不行！我老太婆都沒能入土為安，你燒來音響我也接不著。你換一個吧！」那老婆婆揮手說道。

這倒是個問題，沒入土為安的孤魂野鬼是收不到任何實際性的東西了，就只能撿點兒零散的紙錢，是夠可憐的，於是我說道：「不然我找人為您超渡？」

那老婆婆露出了一絲猶豫的表情，終究是歎息了一聲說道：「算了，人活一世，難免一死。鬼求輪迴，也相當於一死，下輩子記不起來什麼，也不是我，對於我來說和以後終究有一天魂飛魄散也沒有區別，多的只是下輩子有沒有福祿隨身地享受一世罷了，都沒有意思。你去照顧一下我的子孫，就當是和我交易的條件了吧。」

所謂魂飛魄散，是指精純的靈魂力重新歸於天道，消弭的是你存在的痕跡和記憶！與轉世投胎的區別在於，轉世投胎是一個不斷累積善惡的過程，最終是有機會想起一切，超脫輪迴的。

魂飛魄散就是再也沒有機會。

但沒想到這老婆婆對此生執念太重，反倒把輪迴看得和魂飛魄散一般，這種個人的心境我是不好相勸，只能沉默了一會兒，說道：「您知道這是交易，所以這照顧太為籠統，您還是把這照顧說得具體一點兒吧。」

是啊，與鬼交易，是逆天道而行，你強行交易，就像是與什麼具體不知名卻大威力的道簽了契約，違背不得，如果不說清楚，我怕是要一生一世地照顧。

「你個娃娃還挺機靈！我也不求什麼，只求他們命順，該富貴的時候特別富貴，該生病的時候只是小病。不違命，只添運，這個是可以通過風水強化的吧？」老婆婆不愧為長期和道士接觸的鬼，這些瞭解得倒是清楚，它也怕違命之事兒，遺禍太重。

「嗯，老婆婆，您看這樣好嗎？您把您子孫的位址給我，我上門去給他們做一個風水局，您覺得如何？當然，他們肯定會莫名其妙，所以您儘量挑個相熟的子孫托夢可好？」我小心地問道，畢竟這老婆婆還是有些神通的，托夢應該可以做到。

與鬼交易，不能假手於人，家宅風水局還在我的掌控之內，當然要承真師妹出手能做到更好。

「也好，家宅風水局的效果也算不錯了。諒你個小娃娃也不敢騙我，那就這樣罷！」說著，那老婆婆不見了，過了好一會兒，那素袍人又翻著白眼站了起來，用老婆婆的語氣跟我說道：「抽屜裡有紙筆，拿來。」

我趕緊從抽屜裡拿出了紙筆，老婆婆抱怨了一句為什麼不是毛筆之後，還是在紙上歪歪斜斜地寫了起來，一邊寫一邊讚歎自己聰明，參加了幾次鬼市，就會用這「圓豬筆」了。

然後又不解地說，這筆沒看出來和豬有什麼關係，還圓豬呢？

我憋得臉紅脖子粗才沒有笑出來，別看鬼物行走陽間，可是在太多數時候它們是躲著的，其實沒有多少機會瞭解這個世界，這老婆婆挺可愛的。

終於，它邊寫邊念叨寫完了要給我的東西，然後把筆一放，說道：「太寂寞了，話多了點兒。你這小娃娃脾氣倒是好，和我聊那麼多天，那些兇神惡煞的道士，沒有他們所求的東西，就要趕我走。我來鬼市也是想聊聊天啊。」

說著，這老婆婆就操縱著素袍人的身體走了，看著它的背影，我能明白，為人一世不易，真的不要損了自己的德行，生生世世為人累積善行，難道不好嗎？

看了看那張紙，寫得倒是夠詳細的，我疊好那張紙，徑直就走出了那間草屋，按照規矩，走出草屋也就不能再進去，總之我最迫切需要的交易是完成了。

看看時間，也只有二十分鐘左右，我們這第一批人就會被送出鬼市了。我信步閒逛著，也不知道承心哥跑哪兒去了，是不是與鬼交易去了，但我也不著急。

或許是因為和老婆婆交流了一番，意識到了為人不易，為人是福，那些草屋裡出售的東西到現在看來真的沒那麼吸引我了。

為人一世，我只求心境圓滿，外物真的只如浮雲。

形而上是個遙遠的目的，若是心境不滿，形而上也只是虛妄，因為我堅信實質存在的終會腐朽，靈才是永遠存在的更高目的，就如精神、思想、心境……也許，形而上，是指望心境上的形而上，修煉肉身只是為了得到更多的時間，圓滿這一世的心境。

想到這裡，我吐了吐舌頭，這樣的悟道可夠大逆不道的，畢竟得道成仙是我道家人的終究目的嘛。

無意識地亂轉著，這鬼市既然沒有什麼吸引我的地方，我也就覺得無聊，竟然在這裡伸了個懶腰，換來幾道怪異的目光，估計能在這裡嫌無聊、伸懶腰的只有我一個吧，其他人誰不是忙著交易。

這樣我也有些不好意思，師傅曾經說過做個絕世獨立、高山清遠的人多沒意思了，就是告訴我不要裝逼，裝特立獨行，要融於大眾的環境，所以我趕緊收斂了自己的動作，眼睛四處張望，卻看見那個「房中房」。

反正也是閒著無聊，我信步走了過去，剛一過去，那守在門前之一的黑衣人就過來了，他開口問道：「你是要進去交易嗎？」

「進去交易，是再交一些錢嗎？」我隨口問道。

「需要再交一萬塊錢，才能進入裡面交易。」那黑衣人淡淡地說道。

「什麼，一萬？難道裡面是個金山？」我純粹是「驚恐」了。

「金山不能比！因為能進入裡面的『朋友』，至少都有三百歲以上，還有大神通的仙家，你覺得呢？」那黑衣人的態度倒是挺好，估計我也不是第一個來發問的人，他沒當我是土包子。

什麼？三百歲以上？

三百歲，師祖，明朝，昆侖……一下子我的腦子就像點燃了一個炸彈，亂成了一團。

第四十九章　參精

這些從腦海浮現而出的念頭讓我的內心不平靜起來，甚至連呼吸都急促起來，我想進去，非常地想進去，可是——我沒有錢。

所以，我只能在心底暗自著急地離開了現場，其實就算我有錢進去，那些老鬼要的代價我付得起嗎？如果說是破底線的事兒，就算我因此見到了師傅，他也會不認我的吧。

短短二十分鐘很快就過去了，我沒有等人清理，自覺自願地就走出了交易場，取下面具，我安慰著自己，沒有關係，這次來的目的已經達到，我依然可以找劉師傅拿到線索。

就在我胡思亂想的時候，忽然有人拍了一下我的肩膀，我轉頭一看，不是承心哥又是誰？但我有些吃驚，我從來沒有見過這樣的承心哥，溫潤的眼神變得狂熱起來，春風般的笑容也消失了，整個人完全是處於一種異樣的興奮狀態。

「承心哥，你……」我不由得開口問道。

可是不容我多說，承心哥拉著我就跑，弄得我一頭冷汗！兩大爺們這造型倒挺像情侶夜奔、私奔什麼的，還在風中奔跑呢！

山谷原本就很大，我就被承心哥這麼生拉硬拽著，一路跑到了一個僻靜之地。

到了地方，承心哥大口喘息著，我知道以我們的體質，他這絕對不是累，是興奮。

「承……」我真的是要瘋了，再次開口。

承心哥忽然站直了，用一種狂熱的眼神看著我，雙手「刷」地一下就搭在了我的肩膀上，剛才我是一頭冷汗，現在我是全身冷汗，我差點就衝口而出，承心哥，你別對我表白，我始終還愛著如雪。

但我估計我這樣說，會被他抽吧？

好在承心哥下一刻就說出了他要說的話：「承一，參精，參精……」

「生精？哥啊，是不是你得到了什麼逆天的方子，生精，那保腎不？」我完全沒有反應過來是怎麼回事兒，結果話剛落音，我的肩膀上就一麻，我還沒反應過來的時候，肩膀上那麻溜溜的感覺又消失了，仔細再看，承心哥手指快速地把玩著一根金針，那金針在月色下反射出好看的微微金光。

什麼人！我二話不說，一個招鬼的術法起手勢就被我做了出來，敢扎我，沒事兒也要嚇他一下。

承心哥一見如此，趕緊拉住了我，罵道：「你該被扎，堂堂我道家人，就算不是醫字脈的人，怎麼能連參精也不知道？這參精是指有靈的人參啊，人參！」

我當然不可能和承心哥認真，我們師兄弟打打鬧鬧其實也屬正常，就如我和承清哥還曾為吵到睡覺的事情，從臥室打到客廳，然後讓當時勸架的如月和沁淮哭笑不得。

我也回罵道：「我能不知道參精？就你跟個神經病似的，莫名其妙地拉我到這兒，然後搭著我肩膀，大喊『生精，生精』，不知道的人以為你陽痿，我能做出這種反應已經給你面子了。」

承心哥頓時哭笑不得，這種傻子似的事兒確實是他做的，兩人沉默了半晌，我忽然反應了過來，一下子跳起來吼道：「你說啥？參精？還有那玩意兒？你沒騙我？」

承心哥扶了扶眼鏡，用鄙視的眼神望著我說道：「陳承一，你果然是出了名的慢半拍。」這下，換我無話可說了，承心哥優雅地從包裡摸出一個菸斗，撚了一些菸絲出來，開始慢條斯理地裝起菸斗來，他比較喜歡看我這種無話可說的樣子。

待到承心哥裝好菸斗時，我才完全地從參精的震撼中冷靜下來，問道：「承心哥，你不會已經交易了吧？這參精得多大的代價啊？」

承心哥叼著菸斗，沒有點火，先是吸了幾口，享受了一下菸草的清香味兒，然後再慢條斯理地劃了一根火柴，慢慢地點燃菸斗，一副享受的表情……

這一套動作等得我心急，我大聲喊道：「你倒是說啊！」

「代價是用特殊的方法供養那『好兄弟』修煉十年，你知道我們這一脈的醫字脈，可以醫人，同樣也可以『治』鬼，調理鬼的身體（鬼的能量，姑且這麼解釋）更不在話下，我答應它了，它也會陪著我去找參精。這件事兒是與鬼的交易，不可能不靠譜，就是會遇見一些我們也不可預知的事兒吧。」承心吐出了一口長長的煙龍，溫和地說道。

我心中的怒火不可壓抑地在堆積，問道：「就比如呢？」

承心哥帶著招牌笑容說道：「東北老林子，比如的東西就太多了，說不定遇見老妖怪呢。」

他倒是夠輕描淡寫，我一下子就爆發了，什麼叫說不定會遇見老妖怪？雖然我沒見過什麼妖怪，這意思就是有妖怪了？我一腳就踢到承心哥的屁股上，大罵了一句：「我×，你他媽的把我當成同門了嗎？」

這還是我控制了力道的一腳，所以承心哥只是打了一個趔趄，沒有摔倒在地，但被我踢了一下，他也怒了，轉身衝過來抓住我的衣領，吼道：「你是準備要幹什麼？仗著力氣大要打人嗎？」

我一把推開他吼道：「來啊，打啊，你他媽個瘋子，你嘴能說，我說不贏你！可我知道，你竟然供鬼修行，這是多他媽大的因果？這是更加逆天道的東西，你和我商量了嗎？參精，參精！你心裡除了藥還有什麼？來啊，打啊，看我今天不狠狠抽你！」

「你大師兄能教訓人了是吧？我今天就告訴你，我心裡除了藥，還有師傅！還有師叔！還有咱們幾個同門。供鬼算什麼？我他媽就是要找到參精，我是不行，但我有古方，你看我找到參精，我就把你供出來，等你功力逆天了，都高過師傅、師叔了，昆侖算個屁，有天庭，天庭老子也送你去一趟。」承心哥發瘋般地衝上來，推了我一把。

我的怒火漸漸平息了，可是胸膛依舊在劇烈起伏，我真的沒想到承心哥如此內斂，沉穩，永遠只有溫和情緒的人，心裡竟然藏著那麼一座火山，他和我一樣，無時無刻不在承受著對老一輩的思念。

我沒有說話，承心哥卻蹲了下來，抱著頭說道：「我是沒有辦法啊，承一，沒有辦法。這崑崙自古就是傳說中的地方，不是新疆和西藏那邊的崑崙山。你說我他媽要咋找啊？醫字脈的修行永遠比不上你們山字脈，你是我的希望啊，我想見師傅，我很想見師傅，你知道我們從小跟著師傅，連父母都沒有師傅親。我任誰說什麼執念，說什麼瘋子，說什麼放不下都無所謂，我就是想再見見師傅，哪怕一眼都好。」

說著，承心哥的眼淚沿著臉龐流了下來，我的心彷佛一個錐子在扎般地疼痛，哪怕再一眼都好，這句話刺得我連呼吸都不能順暢了。

我走過去，手搭在了承心哥的肩膀上，調整了好久，才慢慢地說了一句：「放心，我在，我會！東北老林子，我去。」

是的，我會一直都在，我會帶著同門追隨著我們的宿命，沒人可以指責我們，包括師傅，他不也追著自己的師傅腳步去了嗎？他八十一歲都不曾放下，又何況我們？

「好。」承心哥抹乾了眼淚，恢復了平靜的語氣，說道：「承一，你成熟多了，以前提起這些，第一個發瘋的準是你，你真的成熟多了。」

然後，我們同時沉默了。

也就在我們在這邊差點師兄大戰，訂下了未來一個計畫的時候，卻沒想到，在我們宿舍那邊，有人已經在等著我們了。

第五十章 賭鬥

回去的路上我和承心哥一路在說著交易的細節，說起這參精一事，真的是承心哥的運氣，因為他是第一個闖進去的醫字脈的人，而那老鬼找的就是醫字脈。

而且，讓我驚歎的是，再差僅僅五年，這老鬼就三百歲了，就因為這五年促成了它見到承心哥的緣分。

可這也是偶然中的必然，在道家裡，最多的無疑是卜字脈和相字脈，因為這兩樣對天賦的要求低，入門容易，只要懂一些理論就可入門，不涉及到高深的術法一樣可以混下去。

排在最後的無疑是山字脈和醫字脈，山字脈因為似是而非的東西太多，民間流傳的東西太多，有很多半吊子，至於醫字脈反而是最少的，一個醫字是真的需要用時間去累積，學習起來也繁瑣，還頗有些為他人做嫁衣的意思，真正的醫字脈又要學習一些祕法，所以醫字脈的人是最少的。

由此，那個老鬼第一個遇見承心哥也不奇怪，算是他們共同的運氣吧。

而在路上，我也和承心哥講了那個「房中房」的事兒，承心哥也相當動容，無奈到現在我們加起來的錢也不夠去那個什麼「房中房」，想著劉師傅要給我們的線索，也只能歎息一聲作罷。

要走到宿舍的時候，已經是快凌晨二點的光景，但這裡大多數的人還沒回來，所以到處都是漆黑一片，只有一間屋子燈火通明，我仔細一看，不是我們的屋嗎？

承心哥搖頭晃腦地說道：「大錢都花得麻木了，倒也不在乎五塊錢一度的電了，女孩子一個人在宿舍，讓她開著燈也好嘛。」

我莫名其妙地望著承心哥：「沒人在意她開不開燈啊，你在念叨什麼？你是想對別人下手吧？」

承心哥低頭扶了扶眼鏡，忽然轉頭眯眼望著我，眼中精光一閃而過，說道：「她是個有故事的女人，我沒準備下手，我只是想多瞭解瞭解。」

「哦。」原來是這樣，看來倒是前幾天我多想了。

結果，我剛走兩步，一下子脖子就被掐住了，承心哥在我身後吼道：「不許和我搶！想當年，老子一不留神，你就把如雪搶去了！別給我說你也沒得到，你們這樣又是朋友又是曖昧的，也是一種一輩子。」

也許修道之人對在一起的方式看得開一些，我哈哈大笑撥開了承心哥的手，兩人一路笑鬧著回了宿舍。

可是當我們進入宿舍的時候，卻同時呆住了，因為我們看見一個人正大刺刺地坐在我們的屋子裡，翹著腿托著頭，一手不耐煩地不停點在大腿上，等著我們——林辰。

「是不是很驚奇我會在這裡？」林辰望著我，忽然就張狂地笑了。

我微微皺著眉頭，乾脆地倚在了門框上，對承心哥說道：「承心哥，你看，人和人就是有區別，你愛笑，那笑得叫一個春風拂面，有人愛笑，就笑得跟黃狗露牙似的，可怕的是他還自以為瀟灑。」

「是啊，我咋就笑得那麼好看呢？改天教教那條黃狗吧。」承心哥露出了深思的表情。

「你們……」林辰「霍」的一聲站了起來，可恰好在這時，沈星不緊不慢地倒了兩杯子水端給我們，說道：「看看你們，三十幾歲的人了嗎？還一路打鬧著回來，我老遠就聽見了。」

「妳被狗咬了嗎？」承心哥接過水，略微擔心地問道。

「沒，我就一直在看書呢，沒時間理會。愛進來就進來唄。」沈星根本就是無所謂，轉身走進了屋子，我和承心哥也跟著進去了，根本無視林辰。

林辰這個人或許張狂，但絕對不是傻×，面對我們的無視和調侃，他竟然很快就冷靜了下來，整了整衣領，神色又恢復了平靜，其實他此刻的樣子也頗有幾分風度和男人氣，愛琳會愛上他也不是沒有原因。

「陳承一，別老是做些嘴上無用的功夫，我來這裡就是一件事兒問你，可敢一戰？當然，按照規矩你也可以拒絕，但我就不能保證，我會不會出去說老李一脈山字脈的大弟子害怕了。」一站在屋裡，林辰就這樣開口對我說道。

我的心裡早有準備，不然也不會問吳老二關於打鬥的事情，就算林辰不提出來，為了可憐的愛琳我也會提出來，所以我內心是平靜的，說過，事情找上門來，我們老李一脈沒怕過。

我無所謂地笑了笑，然後對林辰說道：「你倒是好雅興，鬼市不去，特地等著我，難為你

他。

了。」

林辰說道：「排在後面，可沒意思，我不著急。倒是你，陳承一，你應著還是不應著？」

「就這樣應著你了？那多沒意思？你是手下敗將，我不怕你去說！去吧，順便把咱們曾經的戰績也拿去說說吧。」我心裡自然有我的打算，我不可能那麼簡單地答應林辰，我得逼逼他。

「你……」林辰一下子就被逼到無言了。

其實，我不算瞭解林辰這個人，但有限的接觸，我總覺得他具備一個梟雄的氣質，就比如他能隱忍在肖承乾之下，他能果斷乾脆地放下感情，他也能壓制自己的情緒，就比如剛才。可有限的接觸，也讓我知道了他的弱點在哪裡，他總是想急著證明自己，他有著太強的自尊心，對個人的能力看得太重，當然這也許和他上位有關。

他們那個組織，內鬥得相當厲害。

「我怎麼了？林辰，說起來，我真的不怕和你打一場，可是沒意思，你是手下敗將！除非你能打動我。」面對林辰這種人，只能越張狂越好，要狠狠地戳他的痛處，他才會上鉤吧。

「什麼意思？」林辰死死地看著我。

「給點彩頭吧，我們都各自出點彩頭。」我歪著腦袋，掏著耳朵。

沈星看我這樣子，「噗哧」就笑了，說了句：「裝流氓還挺像。」

我哪裡是什麼裝流氓，這是和師傅一脈相承的東西，這個也是傳承，丟不得，我用這種方式說出，帶著點兒不在乎，可以降低林辰的警惕，外加如果我不出彩頭，他也不會上當，他又不是傻子。

「哈哈，好啊，要錢要法器隨你挑吧，你又能給我什麼？」林辰果然接了我的話。

「你的法器我看不上，能有我師傅的好？這樣吧，錢，我們都各自出兩萬！我再拿出一件兒我師傅傳給我的法器，你就把愛琳交出來吧，你知道的，她和我是故舊。這就是條件，你不答應就算了。」我說道。

「愛琳？」林辰的表情微微變了變。

「是的，愛琳，這是必須的條件。否則我不會答應和你打！林辰，你別算計得太好，這裡圈中人雲集，你想藉我一戰成名，不付出怎麼可以？你不答應也可以，愛琳不是我的女人，我和她的交情能做到這一步，也算不留遺憾，你自己看著辦吧。」最後一句話是我故意說的，只因為我要按照林辰的思考方式來說話。

對於感情他看得薄淡，別人這樣的程度也還算合理，我不能讓他看出來，其實我還是在乎愛琳的殘魂，愛琳去世在十年之內，我還能想辦法，讓她的殘魂重新聚回，時間耽誤不得。

林辰的表情變幻不定，終於他點頭說道：「好。那就明天上午十點，鬼市結束，我等你。」

接著他自己像不能克制情緒似的，忽然大笑了起來，從脖頸間掏出那個鏈墜，對著那個鏈墜說道：「愛琳，傻女人，看吧，我又出賣了妳一次。」

說完，他轉身就走，我和承心哥看著他，忽然心情都複雜起來，那句話的意思細細琢磨不來，那句話的舉動卻怎麼掩飾都有些傷感。

林辰走到門口，忽然又轉身，望著沈星說道：「妳這女人，明明是個普通人，卻讓那該死的陳承一逃過一劫，不然連那討厭的蘇承心也可以收拾了。真是討厭！」

可是沈星根本頭也不抬，好像林辰說的不是她一般，只是靜靜地看書。

林辰也不會自討沒趣，冷笑了一聲，走掉了。

而我和承心哥面面相覷，沈星讓我們逃過一劫？

第五十一章　鬥法

我和承心哥探詢的目光同時落在了沈星的身上，沈星淡淡地闔上書，伸了一個懶腰，說道：「什麼也別過問，事情有了結果，就不必去探詢過程。我要睡了，你們還要在那兒傻站著嗎？」

我和承心哥無言以對，沈星這人，她不想說的事兒，你用千斤頂也撬不開她的嘴的，我和承心哥面對淡定的沈星，乾脆連問題都憋回了肚子裡，問了也白問。

沈星和衣躺下了，承心哥一個回頭就掐住了我的脖子，小聲嘶吼道：「你個缺腦子的，輸了我們哪來兩萬塊給那什麼林辰。」

我被掐得咳嗽，推開承心哥說道：「老子長得比他帥，個子比他高，怎麼看也沒有輸的理由，你別在那給我洩氣啊。」

承心哥聽我這樣一說，摸著下巴，用一種意味深長的目光打量了我半天，然後才說道：「唔，我還是去聯繫幾個人吧。」

「什麼人？」我有些不解。

「哦，我認識幾個有錢的寂寞女人，我先聯繫好她們，免得輸了沒錢給。她們如果願意幫忙付帳，我就把你洗乾淨了送過去，總之是年輕小夥子嘛，精壯還是有的。」承心哥一本正經地說道。

「我×！」我一下子撲過去，反掐住了承心哥的脖子，吼道：「說，哥兒是不是比林辰帥？是不是比你帥？你就不要逃避現實了。」

「寧死不屈。」承心哥「咬牙切齒」地說道。

然後我倆同時放聲大笑起來，惹得在另外一張床上的沈星歎息了一聲，說道：「和小孩兒一起住，就是不省心。」

我倆笑鬧了一陣，同時半躺著擠在下鋪的單人床上，承心忽然對我說道：「承一啊，可別輸，那個鬥法台生死勿論，林辰不會手下留情的。」

我說道：「你放心好了，這五年他在進步，我也在進步。沒有把握，我是不會這樣胡亂做決定的。」

「嗯，我相信你。」

「剛才誰說要把我賣給富婆的？」

「哈哈……」

第二天我是被「咚咚咚」的敲門聲弄醒的，我還沒從床上爬起來呢，沈星就已經起床開門了，但就我和承心哥睡得那跟豬似的模樣，讓沈星還是忍不住說了一句：「真能，今天還要決鬥的人呢。」

門打開後，是林辰帶著人來了，看我和承心哥還大剌剌地睡在床上，他的眼中閃過一絲慍色，但很快就掩飾了過去，他說道：「陳承一，你不會忘記你昨天說的話了吧？」

我慢悠悠地從床上爬起來，說道：「慌什麼？既然是要鬥法，我還不能來一個養精蓄銳，然後閃亮登場啊？去去去，出去等著，等我梳洗打扮一番再來。」

林辰聽了我的話，估計滿頭的黑線，最後還是深吸了一口氣走了出去。

然後我感覺我的上鋪在劇烈地顫抖，接著「猥褻」無比的笑聲從我上鋪傳來，接著我聽見那個笑聲的主人承心哥一邊笑得喘息一邊對沈星說道：「沈星，麻煩妳借個粉餅，口紅什麼的給我們吧，我要和承一一起梳洗打扮，然後閃亮登場。」

「哦，我沒帶啊，不然你們找點紅泥巴糊在臉上，也能勉強當胭紅使使。」沈星清亮的聲音從那邊床傳來，然後三人一起大笑，這哪裡有什麼要決鬥的氣氛？

申請鬥法的過程其實很簡單，我在收拾好以後，和林辰一起去了一個地方，估計是兩個組織的臨時辦事處，去一起起草了一份鬥法同意書，內容無非就是公平鬥法，生死不論，不牽涉他人什麼的，兩人簽字，交了上去，接著兩個組織的代表各簽一個字就算完成。

只是在過程中，有一個大概是暗組織的人唯恐不亂地問了句：「祕密鬥法？還是需要我們去通知一下來個公開鬥法？」

一聽這話，林辰的眼睛都紅了，他咬著牙說道：「鬥法哪有畏畏縮縮的，大男人鬥法就是要在萬眾矚目的情況下，來個痛痛快快的決鬥！」

我不置可否，林辰的選擇還用問嗎？他不就想藉著我一戰成名嗎？老李弟子，姜立淳弟子，這個名頭的含金量想必在圈內人心中不低吧。

林辰這樣選擇了，那暗組織的人立刻組織人去展開所謂的「宣傳」了，那「宣傳」手法挺無語的，竟然是拿著一個大喇叭吼，然後我就知道了他們那麼積極的原因，來看我們鬥法的還收五十塊錢門票，另外還設置一個買誰勝利的盤口，他們來做莊家。

其實大喇叭吼的宣傳方式不得不說還是挺有效的，畢竟大家都集中在了營地，而且也參加鬼市歸來了，一聽有這熱鬧看，門票不過五十，還可以賭博，哪個不積極？

最重要的是，參加的當事人一個是背後極有勢力的林辰，另外一個是最近才冒頭的，人們議論紛紛的老李一脈的山字脈大弟子，他們更是積極。

鬥法台是兩個組織臨時選出來的一塊空地，為了安全，明暗組織都派出了鬥法監管人，免得傷及無辜，讓我比較無語的是，暗組織派出的監管人竟然是馮衛。

而明組織派出的監管人也是我的熟人，就是那個看門的老頭兒，這是我第三次看見他了，他此刻懶洋洋地坐在為我和林辰鬥法劃出的那個大圈子外，嗯，正在聞自己的鞋子，他周圍一米內沒有一個人存在，估計那鞋子的殺傷力太大了。

買票來看我們鬥法的人極多，黑壓壓的一大片，在兩個組織的協調下，蹲著的蹲著，坐著的坐著，站著的站著，倒也保證了每個人都能看見。

只是這樣一番耽誤下來，我和林辰走進鬥法台，已經是上午快接近十二點的時間了。

我和林辰曾經交過手，彼此也算熟悉彼此的手段，所以沒有多餘的廢話，在上鬥法台的第一時間，林辰就從背包裡拿出了一截怪異的骨器，放在場中，下一刻就開始掐動手訣念起了咒語。

原來是這樣的！我一下子心就提了起來，因為林辰的這一套動作也瞞不了誰，他是在請自己養的「助力」，這是比請神術和下茅之術更為厲害的術法。

因為不管是請神術還是下茅之術都是有時限的事情，過了時限就會威力全無，甚至會讓人虛弱不已。

而這個術法就沒有這樣的弊端，只要你能操控得了，承受得住，就可以無限制地使用，而且施術時間極為短暫，這個術法唯一的缺點就是你養的「助力」需要不停地供養，相當於是一個需要長時間的大術，因為供養的時間越長，你的「助力」威力也才越大，能幫助到你的也才越多。

這是一個厲害的術法！根據你的「助力」不同，術法威力也不同，也就是說，你的「助力」是逆天的存在，這個術法也就逆天了。

就比如說，上古的道士可供養瑞獸之靈！

而且，林辰出這個準備時間極短的術法，就是為了防止我使用中茅之術！

林辰快速地念動著咒語，臉上卻有一絲掩飾不住的得意之色，估計他覺得已經吃定我、看透我了，也可能是他的「助力」極為強大吧。

但是他料錯了一件事情，那就是有一樣東西我從來沒在他面前暴露過，而且經過了五年，這件和我共生的東西，我在掌控上已經極為純熟了。

下一刻，我也閉眼念起了咒語，這個咒語就是當年師傅在黑岩苗寨對付怨母、嬰靈時傳給我的掌控虎魂的咒語，後來師傅離去後，我在翻閱他留下的術法書籍時，發現了這個咒語各種掌控的全版本。

現在，是讓我的傻虎逞威的時候了。

第五十二章 上吧，傻虎

傻虎是我給虎魂取的名字，經過這些年的溫養，虎魂和我越來越親近，我們的共生狀態也越來越成熟，它的煞氣幫我鎮住我那易惹「麻煩」的體質，而我的靈覺也滋養它的殘魂。

在三年前一次偶然，我感覺到虎魂在身體裡的存在了，它只是殘魂，和鬼物不同，沒有什麼具體的交流意識，但是有喜怒哀樂等異常簡單的情緒可以讓我感覺體會。

之所以叫它傻虎，是因為它和我一樣是慢半拍，情緒來得很慢，讓我懷疑當年好幾次它在關鍵時候現身救我，都是因為它反應慢半拍的樣子，不然它該早點兒出來的。

其實虎魂已經和我完全融合、共生，這虎爪真正的意義也就不大了，當然對別人來說依舊是寶貝，因為它帶著濃厚的煞氣，又經過我的溫養，是一件上好的法器。

隨著我咒語的念動，我感覺到了身體裡的虎魂那興奮而躍躍欲試的情緒，就像是一種能量累積在身體裡，就要噴薄而出。

而在那邊，隨著林辰咒語的念動，一陣陣的狂風大作，這風不像普通鬼物所帶的那種陰風，反而有一種蓬勃大氣的感覺在裡面。

我懷疑他是供養了一隻頗有修行，頗具神通的傢伙，但我不知道是什麼，也比較好奇到底會是什麼，但不管是什麼我的傻虎也不會輸的。

我們倆一上台鬥法，林辰就搞出了那麼大的動靜，惹得周圍驚呼連連，在場的幾乎都是圈內人，就算沒有修成天眼或者天眼通之類的東西，靠著常年累積的功力和靈覺，也可細看場中發生了什麼，或者普通人看不見的場景。

在那邊，林辰的咒語已經念誦完畢，漫天的狂風也就在這一瞬間忽然消失了，像什麼也沒發生過，也就在這時，他丟出的怪異骨頭開始顫抖，劇烈地顫抖。

我知道下一刻，那個傢伙就要出來了，可是我依然沒有分心，而是繼續快速地念動著咒語，要知道，共生靈越是高級，所需要的咒語也就越是繁瑣，所需要的時間也就越長。

所有人都屏住了呼吸，全部的注意力都集中在了那一截怪異的骨頭上，我分明聽見有人議論，現在年輕一輩了不得，相比我們以前的鬥法，簡直是小打小鬧，不過看起來林辰要厲害點兒，那老李一脈的徒弟那邊現在都沒有什麼動靜。

很多人都贊同這個觀點！畢竟相比於林辰的氣勢，我這邊也太無聲無息了一點兒。

「啪」的一聲脆響，終於因為劇烈顫動，那根怪異的骨頭倒地了，而在下一刻，人群開始發出了大聲的驚呼！

「這是，這絕對有百年以上的修為……」

「不可思議，真的不可思議，林辰是從哪裡找到這個傢伙的？」

是的，在鬥法靈覺高度集中的狀況下，我的天眼也自動打開了，我在第一時間就看見了偌大的鬥法場中出現了什麼。

一隻巨大的白背黃鼠狼！真正有修為的仙家！

只要有一點兒常識的人都知道，蛇、黃鼠狼、狐狸等等是特別容易被附靈的動物，而這些動物也是靈覺特別強大的動物，相比其他的動物是極其容易修煉有成的，它們到了一定的程度，或者因為別的原因，也會超脫出肉身，形成這種靈體。

顯然，林辰就供養了這樣一隻白背黃鼠狼，如果它肉身還在，它的出現也不會那麼震撼，但它功力深厚，以靈體的形式出現，當然是巨大無比，讓人看一眼都心生膽怯。

「咦？這個小子你哪兒弄得蛟骨來供養白背黃鼠狼的？」一聲驚歎從場地的旁邊發出，是馮衛，這個人對寶貝之類的東西是極其上心的。

林辰給了馮衛一個抱歉的眼神，在鬥法中他也沒辦法解釋那麼多，他也不想給我翻盤的機會，在下一刻他念動起了操縱的咒語，聽見咒語（這種咒語可以理解為交流語）那個巨大的白背黃鼠狼就開始快速地朝我衝過來。

靈體根本就不會受到所謂重力的限制，那速度有多快，根本就是一眨眼的瞬間，就已經衝到了我的跟前，或許是林辰不想那麼快地要我的命，他沒有選擇用那白背黃鼠狼的靈體直接衝撞我的肉身，把我的靈魂衝撞出來，而是讓白背黃鼠狼揚起了一隻前爪，朝我狠狠地打來。

這樣的靈體攻擊是傷不了肉身分毫的，但是傷的是靈魂，傷及我的靈魂，也就註定我很難施展大的術法，也就註定是失敗。

或許太容易的勝利，林辰根本就不想要，他要的是蹂躪我，我越是慘，他的勝利光芒就會被放得越大！

可是，面對白背黃鼠狼狠狠揚起的爪子，我根本沒有半分的害怕和擔憂，在這個時刻，我已經念完了咒語的最後一個音節，也就在這個時候，有一股力量從我的身體狂放而出。

整個場中，毫無徵兆地響起了「吼」的一聲巨大的虎吼！

而那隻白背黃鼠狼的爪子在一瞬間，就被一隻巨大的虎爪狠狠地給拍開了。

「傻虎，上吧，別給我丟臉。」我大喝了一聲。

隨著我的大喊，我聽見了一聲震天的喊聲：「什麼？」接著是凳子倒地的聲音，我回頭一看，那專心致志聞著自己鞋子的老道士已經扔了鞋子，一下子站了起來。

也不知道那鞋子砸中了哪個倒楣蛋兒，我聽見了「哎呀」一聲。

接著，是馮衛，他眼睛死死地盯著我，那眼神中的貪婪根本不用我去形容，他嘴上念叨了一句話，看口型，我知道，是四個字——共生虎魂！

周圍人群的反應根本就不消我細說，我第一次聽見了那麼整齊的吸氣聲，很簡單，老虎可不是容易修煉有成的動物，出現那麼一隻虎妖之靈，應該能構上妖的範疇了，確實是讓人大跌眼鏡的事情。

面對這些反應我很淡然，這只是師傅傳承給我的虎魂罷了，不值得我自己有多驕傲，只是虎魂的身上也承載了一半我的靈魂力，它這麼脫體而出，讓我有些虛弱和腿軟。

我覺得我需要補充補充，於是從背包裡摸啊摸啊，摸了一個蘋果出來，「咵嚓」一聲，狠狠啃了一大口！

然後，我就聽見前排的承心哥大喊了一句：「陳承一你個混蛋，法器包裡放蘋果。」

伴隨著承心哥的喊聲的，是林辰蒼白的臉色。

虎魂的出現，讓那隻白背黃鼠狼下意識地就開始退避，慢慢地退避，在生物學上它和老虎就不是一個等級的存在，更何況虎魂帶著的煞氣與氣場也無比強大，根本不是白背黃鼠狼這種靈體可抗衡的。

虎魂步伐優雅地一步步繞著鬥法場走動著，這是老虎的本能，需要最佳的攻擊時刻，而白背黃鼠狼則一步一步退卻，兩隻眼睛死死地盯著虎魂，全身心地在防禦！

「你們這些有背景的傢伙，仗著的不是祖輩們的賜予嗎？虎魂有什麼了不起？」林辰幾乎是瘋狂地在大喊。

「咵嚓」，我又咬了一口蘋果，根本就沒有回應林辰的話，鬥法之時刺激自己，林辰怎麼犯這種低級錯誤？但或許，這也是他心裡最痛的地方。

我想與他公平鬥法，所以沒有添油加醋地去擾亂他的心神。

也就在這時，又一聲震耳欲聾的虎吼響徹全場，伴隨著吼聲，我的傻虎已經衝了出去，一隻巨大的虎掌，狠狠撲向了白背黃鼠狼，而白背黃鼠狼避無可避，終於也嘶鳴了一聲，迎著我的傻虎衝了過去。

在這時，場中同時響起了整齊的驚呼！

第五十三章　煞氣破幻境

這是靈體與靈體之間殘酷的戰鬥，每一次的碰撞撕咬，都會損耗巨大的靈魂力，抽象點兒解釋，就和現實中的血肉搏鬥沒有任何的區別。

林辰又急又快地念動著咒語，一直在激勵鼓舞著好幾次都想退卻的白背黃鼠狼，但是任何咒語都是需要精神高度集中的，就算不是存思狀態，也頗為損耗心力。

戰鬥不到兩分鐘，林辰的臉色就變得蒼白。

相較於林辰，我就輕鬆了很多，要知道虎魂不是我供養之物，而是我的共生魂，和我心意相通，我不用去驅使特別的咒語。

另外，它就算是傻虎，好歹也是一隻老虎對吧？百獸之王的驕傲和意志，都燃燒著它沸騰的戰意！它在沒有打倒「敵人」之前是不會退縮的。

兩個強大的靈體爭鬥，就好比帶起了一場氣場風暴，現在旋轉的狂風一陣接著一陣，飛沙走石！如果有個普通人在現場，看見的就是兩股龍捲風不停地在碰撞，那種壯觀根本是語言無法形容的。

而事實上，在天眼狀態下的爭鬥也是十分精彩，傻虎保留了一切虎類的戰鬥本能，跳躍騰挪，爪尾配合，加上時不時地撕咬，簡直就像是親眼觀摩老虎捕獵大型動物一般精彩。

越是強大的對手決鬥，分出勝負的時間也就越快，就是這麼兩分鐘的時間，白背黃鼠狼已經狼狽不堪，原本一雙清靈的、充滿了神采的眼眸已經變得疲憊，甚至顯得有些渾濁了，這絕對是靈魂力虛弱的表現。

在中途我看見它帶著祈求的情緒看了林辰一眼，可是林辰已經完全瘋狂了，根本是不管不顧地強行催動咒語，弄得白背黃鼠狼眼中一陣憤怒。

這是沒有辦法的，就相當於是一個契約，它平日裡接受供養，在這種時候只能受制於咒語。

此時的爭鬥幾乎已經是接近尾聲，白背黃鼠狼根本不是傻虎的對手，連一次次的碰撞都顯得虛弱無力了，可傻虎卻是越戰越勇，也根本不知道什麼是手下留情，在最後一次的爭鬥中，傻虎的虎爪終於狠狠地拍在了白背黃鼠狼的頭上。

只是這一下，白背黃鼠狼的靈魂虛影就虛弱了幾分，畢竟它並不是有血有肉的生物，受傷受創的方式不會是傷痕累累，只是會顯得身影黯淡幾分。

在這個時候傻虎威風凜凜地虎吼了一聲，衝上去就要咬住白背黃鼠狼的脖子，不要以為靈體不會消失，其實靈體除了本身的磁場，也有一股能量蘊含其中，甚至可以吞噬別人的靈魂力，壯大自身的。

所以，鍾馗吞鬼，是不是傳說呢？呵呵……

我「咔嚓」一聲咬掉了最後一口蘋果，扔掉了蘋果核，心知傻虎這是要吞噬了，卻在最關鍵的時候我制止了傻虎，這並不是太過仁慈，而是我心知動物仙的修行不易，輕易滅殺了它，我和傻虎都會背負上極大的因果，沒那個必要。

上天有好生之德，我們應該順應這最基本的天道。

傻虎不滿地望著我低吼了一聲，終究還是沒有咬下去，只是用爪子摁住了白背黃鼠狼，就跟貓捉老鼠似的，我不吃你，但是我就不放你回去，偏不！我嚇死你，我玩死你……

在這時，場中響起了震耳欲聾的歡呼聲，為著傻虎的精彩表演，也為著老李一脈的榮譽。

我懶得去管這些，也懶得計較傻虎這「天真」的行為，直接對著臉色蒼白的林辰說道：「你輸了，讓它回去吧。」

林辰恨恨地望了我一眼，沒說任何話，而是發狠般地念起了另外一個咒語。

在那一剎那，我看見那白背黃鼠狼的眼中閃過一絲絕望的神色，在下一刻我就知道不好，趕緊集中精神，對傻虎交流道：「快退！」

但是已經來不及了，那白背黃鼠狼受咒語的驅動，一下子竟然掙脫了傻虎的鉗制，翻身站了起來，下一刻它的靈魂虛影就黯淡到幾乎無法看見，而場中瞬間佈滿了迷霧！

看來我還是晚了一步，要知道仙家都是有神通的，黃大仙（黃鼠狼仙家）的神通在生物體時，就是放臭屁，熏昏人，而在靈體時，自然不可能這樣，但也有相同之處，那就是製造幻境。

我根本沒想到林辰竟然瘋狂至此，在白背黃鼠狼如此虛弱的時候，為了勝利，不管不顧地催動白背黃鼠狼釋放本命神通，要知道，這樣一不小心，這隻白背黃鼠狼就完了，他自己也會遭受劇烈的反噬。

那隻白背黃鼠狼在釋放完神通以後，就虛弱地倒在了地上，再也動不了了。或許只是在天眼的表現下，它是這樣虛弱地躺倒在了地上，事實上的情況應該是靈魂虛弱到無法行動了。

林辰這樣冒險，它竟然也扛住了這一劫，算是它福大命大。

可是我現在哪有什麼心思管白背黃鼠狼，陷入幻境是靈體最危險的一種情況，一不小心就會被刺激得失去了本性，或陷入永恆的迷茫。

在傻虎本體沉溺於幻境中時，我是根本召喚不回它的，但是就沒有辦法了嗎？

不要忘了，老虎也有本命的神通，這個神通和風有關，所謂虎虎生風，老虎的出現都伴隨著一陣怪風，再說簡單點兒，其實是老虎的煞氣太強大了，氣場強大當然會引起周圍環境的一些變化。

人也可以，就比如說一個人的氣場帶動氣氛的變化，也是一種微弱的變化，沉悶不就是空氣不流通的一種表現嗎？

我眼中閃過一絲心疼的神色，我並不想傻虎使用本命神通，但這個時候沒有辦法了，所謂一煞破萬氣，幻境也是一種氣場，感覺著傻虎焦躁、煩躁的心情，我在心裡狂喊了一聲，由於心神太集中，連帶著嘴上也不由自主地發出了喊聲：「傻虎，給我破！」

「吼！」回應我的是傻虎一聲興奮的嘶吼，接著場地中籠罩的霧氣開始劇烈地晃動起來，一下兩下，傻虎的神通，煞氣化實，也就是煞氣凝聚在它的爪子上，它的每一次拍擊，都帶著劇烈的煞氣，幻境的霧氣怎麼可能承受得住？

要知道它的威力是不可能大過我在荒村山腳遇見的陰氣化形氣場的，要是那個時候傻虎就成長到了如此的地步，那個山腳下的陰氣幻覺氣場一樣可破。

「嘩嘩」破霧之時，產生的風聲，就如流水的聲音一般，只是短短二十秒，那霧氣就已經稀薄得不像話，在場的所有人都是親眼看見傻虎利爪如刀，威風凜凜地一掌一掌拍碎霧氣。

那如刀的利爪，就是煞氣所化！

「呼……」沒有驚天動地的聲音，霧氣終於堅持不住，被傻虎這樣生生地拍散了，傻虎氣勢不減，帶著怒氣撲向白背黃鼠狼，卻被我生生地喝止，讓它調整了一個方向，直接朝著林辰衝去。

在那一瞬間，我大喝道：「林辰，你認輸嗎？」

同時，傻虎的利爪離林辰的額頭已經不到三寸！

林辰幾乎是紅著眼睛吼道：「陳承一，這場我認輸，你可還敢與我打鬥一場？」

「轟」的一聲，傻虎緊急地停下了，在我的命令下踏著優雅的步伐，虎視眈眈地盯著林辰，圍著他不停走動。

傻虎的氣場顯然給林辰帶來了巨大的壓力，他的神情有些畏懼，臉色更加蒼白。

按說他認輸了，我就應該收回傻虎，但我故意的，我很討厭林辰對愛琳的一切，我就是要和傻虎一樣「天真」，也玩玩他，我故意裝作聽不懂的樣子說道：「你說什麼？我聽不見？再說一次啊？」

林辰被我氣得神色一變，下一刻竟然生生吐出了一口喉頭血，他沒想到我竟然讓他這個自尊心極強的人認輸兩次，可他到底還是個漢子，再一次用更大的聲音說道：「我認輸，但你可還敢和我賭鬥一場？」

他的話剛落音，現場響起了一片噓聲。

可是我卻沒理會，問道：「為什麼？」

「就憑你是仗著傳承的虎魂威力，共生魂根本證明不了你的任何手段，你驅使連咒語、功力都不需要。你可敢接著公平地賭鬥一場？」林辰大聲地喊道。

「給我可以說服我的彩頭。」我歪著腦袋，雙手插袋，再次流氓附身。

其實，在內心我已經答應他了，不過林辰這種「有錢道人」，又那麼討厭！怎麼可以不狠狠敲詐一下？

「吁……」現場又響起一片噓聲，顯然是噓我這副流氓相，可是老子才不在乎！

第五十四章　楊晟的消息

面對我的要求，林辰首先是鬆了一口氣，對他來說，什麼都不重要，重要的只有證明自己的機會。

「放心吧，彩頭會讓你滿意，我先把它收回，再不溫養，恐怕會魂飛魄散。」林辰指的是那隻白背黃鼠狼，我點點頭，其實這些恩怨與這隻白背黃鼠狼無關，落到這個下場，沒有身死也算不幸中的萬幸。

說話間，林辰就已經開始掐訣，收回了白背黃鼠狼。

我也該收回我的傻虎，我那傻虎不滿地衝著林辰低吼的幾聲，大概是在罵娘威脅什麼的吧，但是它還沒有學會人類的語言這門——外語，所以吼了也是白吼，我也掐訣收回了傻虎。

虎魂回體，我感覺精力一下子充沛了起來，林辰過了一會兒，也完好地收回了白背黃鼠狼，然後把那截蛟骨也收了回去，他當然不可能當著眾人的面溫養白背黃鼠狼。

做完了這一切瑣事，林辰開口對我說道：「陳承一，當日事當日了，你的彩頭我現在就給你。」

說話間，林辰招呼來了他的跟班，取了下了裝著愛琳殘骸的那個鏈墜，外加他跟班也帶來了兩萬塊錢，我毫不客氣地就收下了。

哈哈哈……這下有錢了，三百年的老鬼你們等著我。

我強行克制住當場數錢的衝動，對林辰說道：「說說你現在的彩頭吧？」

林辰說道：「剛才你我都損耗不少，已經不是最佳狀態，各自休息一個小時吧。下一場鬥法，就最直觀的鬥功力，不准藉助任何的外物、法器。最多只能動用引符，你覺得如何？」

所謂引符就是指不封存任何功力在其中的符籙，只是一個施術的引子或者道具，就比如封魂符，它本身對於術法沒有任何幫助，只是在術法結束後，一個封住鬼魂的道具。

我打了個呵欠，說道：「彩頭，彩頭……」

林辰微微一笑，對我吐露了兩個字：「楊晟！」

我的心一下子就提了起來，晟哥！我彷彿又看見了那一年的荒村分別，那個決絕的、不曾回頭的背影……我想說，我不稀罕，我不在乎，可是那悠遠的竹林小築的歲月，那回蕩在長廊的笑聲，那清晨雨中的離別……

有的人只須短短的時間，就可以成為羈絆很深的朋友，那是緣。

有的人你相處十年，也可能只是「熟人」！那只有份！

我的表情出賣了我，我沒辦法不在乎晟哥，林辰顯然看出了我的在乎，已經悄然走到了我身邊，在我耳邊對我說道：「你贏了，我給你楊晟的消息，甚至是對你很重要的消息，怎麼樣？」

媽的，你以為你這樣就吃定我了？我轉頭，認真而又嚴肅地對林辰說道：「不加兩萬塊錢，老子死都不答應。」

「額……」林辰顯然錯愕了，也許錢對於他們那個組織來說真的不算什麼，他不明白我幹嘛死要錢，但是只是錯愕了一瞬間，他就掛著笑容說道：「沒有問題。」

那就沒啥好說的了，我轉頭就走了，一個小時時間，我得好好休息一下，不過在這之前，我還有一件非常重要的事情要問承心哥。

一下場，我就跳到承心哥跟前說道：「你買我贏沒有？」

「買了！」

「快說，買了多少，賺了多少？」

「嗯，買的不少了，我買了一百塊，賺了十塊。我怕虧本，還買了五十塊錢林辰的。」承心哥一本正經地對我說道。

「我×！」我罵了一句，下一刻我的一拳就搥在了承心哥的肚子上。

接著，兩人就傻笑了起來，兩萬塊啊，我們有錢去見老鬼了，還有錢場場鬼市都參加了。

可這時，沈星卻走過來了，對我說道：「陳承一，你記得要給我錢啊，蘋果是我進山之前買了幾個，我不能一天不吃水果的。我說今天看怎麼少了一個，原來你給我偷去了，還被我看到偷吃現場，蘋果加上『囂張偷竊』罪，你給一千吧。」

說完，沈星夾著她的書就走了，我無語地呆立當場，事實上吃那難吃的盒飯，讓我嘴巴饞得很，我確實「偷」了沈星一個蘋果。

看吧，因果，因果，這果不就來了？

這一場決鬥給兩個組織也帶來了一筆收入，畢竟不說門票，賭盤是他們開的，看他們的樣子就知道賺了不少，所以他們又開著大喇叭，牛逼哄哄地去宣傳下一場鬥法以及賭盤了。

這讓我很不爽，看他們賺錢的樣子，我就知道買我的比較少。

回去的一路上，人們都用一種看移動ATM的眼神看著我，畢竟共生虎魂的誘惑對於修者的誘惑實在太大了，我無視這些目光，但也聽見議論不絕於耳，都是在討論虎魂的，甚至我還看見一對打架的人，聽他們互相罵娘的意思，就是在爭論我到底有沒有本事。

這很正常，畢竟這一場的勝利在外人看來都是虎魂的功勞，難道我還要去把那個正在宣傳得口沫橫飛的人的大喇叭搶過來，見人就吼一句，老子的靈魂力一半在虎魂身上嗎？

師傅說，名利如浮雲，淡定淡定。實在氣不過，回去再偷沈星一個蘋果吃。

一個小時時間比較珍貴，而人類補神養神最經濟實惠，唾手可得的辦法就是睡覺，回到宿舍，我像塞豬食似地在嘴裡硬塞進去了幾個乾餅，然後倒頭就睡。

一個小時以後，我和林辰再次去簽訂了一場鬥法同意書，在下午又一次相遇在鬥法場。

這一次，依舊是馮衛和那個老頭兒出面監場，但是不一樣的是，有一個黑衣人上來宣布了規則，那就是我們只能動用本身功力的術法，其餘的一切都不能用，更不能借助法器、外物，唯一可以使用的就是引符。

那也就是說借力之術也不可以使用，比如請神術，比如上中下三茅之術。

其實說起來，威力大的法術，能針對人的也就只有五行之術、詛咒術、控鬼術等等了，只有這些才涉及到本源的功力。

在場中，林辰望著我說道：「陳承一，我剛才說了我的彩頭，你還沒有承諾你的彩頭。」

「你要什麼？」我望著林辰乾脆地問道，畢竟在這方面我和他是公平的。

「什麼都不要，這一次我贏了，我要要回愛琳，你應著嗎？」林辰如此說道。

我輕輕皺了皺眉頭，我不願意放棄愛琳，也不想放棄晟哥的消息，看來這一場我不能輸，其實我也輸不起，或許我會給林辰留一線生機，但他不見得會給我留一線生機的。

果然，我還未答話，林辰又大聲說道：「陳承一，大術都不好控制，而且威力奇大！到時候生死由命，你別怪我沒提醒你。到底要不要應著？」

林辰是在逼迫我，我不答應愛琳殘魂的事兒，就可以讓旁人理解為我怕了，我怕了，他至少也算個不戰而勝，在旁人眼裡，我就是一個依仗著傳承犀利的人。

我也許不在乎輸贏的名聲，可是我的心的確被晟哥那個於我很重要的消息吊著，於是我沉聲應道：「那就開始吧，還廢話什麼？」

我的話剛落音，就聽見那聞鞋老頭兒「嘿嘿」笑了一聲，說道：「我倒要看看這老李一脈的徒弟娃娃到底是個什麼騾子？」

我滿頭黑線，所謂：「是騾是馬？拉出來遛遛！」你說我是馬也好啊！

可惜，我沒時間跟他廢話什麼了，那一邊，林辰用一種異樣的目光望著我一笑，然後開始踏起了步罡，那個步罡雖然和我們這一脈的步罡有些許的小區別，但是我還是一眼就認出來了，那是我以前最愛用的一道大術——引雷術！

林辰竟然真的可以！在不動用茅術加身的情況下動用落雷術！

這讓我很是震驚，也讓我不得不承認，林辰從某種程度上來說是個天才。

看來，他是掐準了我的一切，想和我來個雷電對轟，看誰先扛不住，但是我曾經說過，你在進步，難道我沒有進步嗎？落雷術，那是哥哥玩剩下的。

心裡雖然這麼輕鬆地想著，可是在下一刻，我同樣踏起了步罡，鬥法，鬥的不僅是功力，還有對各種術法的熟悉程度和理解程度！

第五十五章　天火對天雷

踏著步罡，我即刻進入了存思的狀態，這是每個真正的道人都應該有的本事，而在存思的狀態下，是不允許任何的外物干擾，也不接收任何的外物干擾的，所以，我不知道林辰的施法進度。

但是不用知道，因為我一定是比他快的。

步罡一步一踏，不允出錯，但是這步罡的踏法卻比引雷術的踏法簡單一些，當我踏完步罡的最後一步，上感應天，接引星辰之力時，林辰還在踏著步罡。

他在存思的狀態中，同樣不知道我的情況，估計他能有一絲感應，絕對又是一口老血噴出，明明是老子先踏步罡，為什麼你會比我快啊比我快？

如果是這樣，這場比試我也就贏了。

當然我只是想想而已，那玄妙無比的力量充沛全身時，是一種靈魂上說不出的舒服，當然也有天威帶來的壓抑感，沉浸地享受了一秒，下一刻我就開始配合著咒語掐動起了手訣。

和落雷時那烏雲蓋頂不同，這一刻我周圍的溫度開始急劇地升高，充滿了燥熱的氣息，但也同落雷術一樣，我做為施術人，這種燥熱是影響不到我的。

但是我在施展術法的時候，周圍的人都有了感應，一些見多識廣、功力高深之人在下一刻就知道了我要做什麼，馮衛看我的眼神更冰冷了，而那個閒鞋老頭如同潑冷水似地說了一句，但願不是不自量力。

可在存思的時候，這些東西從我眼中過，耳中過，獨獨不會從我腦中過，這是一種奇異的狀態，我並不會受任何的影響。

大術都是需要藉助天地的威力，以人本身的靈覺、靈魂力為引，聚集它們，形成法術，所以準備的時間頗為漫長，當林辰從步罡的存思狀態中出來，同樣在接引星辰之力時，我的法訣正好掐了一半。

林辰用一種詫異的，疑惑的，不服氣的眼神看了我一眼，立刻也開始掐動雷訣，鬥法拚的也是時間，這個尤為重要，當然威力也是必不可少的，因為小術時間短，但威力小，別人能承受得起，繼續施展大術，而大術一旦施展成功，你一下都挨不過。

或許，林辰以為我施展的是小術也不一定，可是，我這個術法……

我閉上眼睛繼續掐訣，咒語也念動得越來越快，或許是林辰感覺到了我的施術速度，莫名地有了一絲焦急，他的咒語竟然念得無比大聲，壓過了我的念咒聲。

人在著急的時候，聲音會不由自主地變大，這是一種本能。

林辰是個心竅頗多的人，他不會因為我疑似施展小術，就放鬆警惕，所以他有那麼一絲著急，但這著急也可能會成為他施術的動力。

伴隨著我們掐訣念咒的是場外一聲聲的驚呼聲，至於議論一些什麼，我因為太過集中，已經完全忽略。

但容得這些場外觀看之人不驚呼嗎？在我這邊，以我為中心點的十米範圍內，溫度在急劇地升高，讓人猶如置身沙漠，而在林辰那邊隨著他雷訣的施展，烏雲壓頂，山雨欲來……

這種奇特的景象，在夏天常常出現，東邊太陽西邊雨，這一次卻因為我們兩個小輩的鬥法而形成了這種場面，場外觀看之人怎麼能不驚呼出聲？

我的念咒聲越來越快，手訣也越掐越複雜，而存思讓腦子的壓力已經快到了一個臨界點，這畢竟沒有施展下茅之術，沒藉助外力，全憑自己的功力支撐靈魂力，大腦當然會出現這種奇特的壓力，這種時候也必須要小心再小心，不然腦子會「轟」的一聲爆開，不是被爆頭了，而是思維爆開，成為精神病，因為傷及靈魂。

可我強大的靈覺到底幫了我的忙，在這種細微的時候，竟然一絲差錯都沒有出現，原本彌散的熱氣，在隨著我咒語念到最後一刻的時候，凝聚集中了起來，而在術成最關鍵的一步，分心二用之時，我快速地從背包裡掏出了一個瓶子，瓶子裡裝著水，水裡浸潤著一張符。

咒語不停，但我也異常冷靜地從瓶中倒出了水，拿出了那張符紙，熱氣越來越凝聚，被我攤開的符紙幾乎瞬間就半乾了，而在下一刻，我咒語停止，熱氣凝聚到最高點的時候，我用一股巧勁兒快速甩出了符紙，奇異的事情發生了，那張符紙飄在空中，「轟」的一聲就燃燒了起來。

而瞬間空中的高溫由符紙為引，一下子噴發而出，像一條迷你的火龍，然後落地。

五行之術——天火術，已經成功地被我施展了出來。

場地中靜悄悄的，沒有一個人說話，因為每個人都沉浸在震撼中，所謂圈內人，也並不是每一個人都是功力高深之人，這傳說中的引天火之術，絕對是要老一輩的人才能成功施展，沒想到由我一個後生小輩就這樣施展了出來。

其實這是我們傳承的力量，因為這是我們這一脈的祕術！

在我們這一脈的記載中，天火術除了硬引天火，同樣也有取巧的辦法，竅門就是那張引符，那張引符為什麼我要用水泡著？是因為上面有一層白磷，而白磷引動天火，這就是祕密！真正的天火術，要我施展那是絕對不行的，那需要強大的功力，讓周圍的溫度達到臨界點，才能憑空點著周圍的易燃之物，引下天火，這個我還差遠了。

我一年前就在練習這天火術，包中隨時都有這種引符，沒想到在這裡派上了用場。

火龍落地，由於是集中了五行之火力，這火極其猛烈，落地即在地上熊熊燃燒起來，而天火術真正的難點來了，那就是指引天火燒向該燒的目標！

因為火之力並不如雷之力那麼凝聚，這是分外考驗靈覺的時候，在我火龍落地的時刻，林辰還在掐動雷訣，在他那邊，一滴，兩滴的雨點落了下來，看來雷訣也要成功了。

但這雨水我毫不擔心，那些雨水是撲不滅如此狂躁的天火的。

在場外，首先打破沉默的就是聞鞋老頭兒，他嘀咕了一句：「雖是取巧，但也極其不易了。」這種老傢伙，就算不能完全破解奧祕，但也能看出其中的取巧之處。

天火術雖然比引雷術施法時間要短，但是對功力的要求可是一點不低，甚至更高，而且更為困難的是控火，比起雷訣只難不易，唯一好一點兒的是，它比雷訣施展時間快。

我占的就是林辰這個便宜！

靠靈覺引火，這靈覺可是我的長項，在別人看來的難關，在我來說，也不是太難，在下一刻，我集中精神，那落地之火開始神奇地蔓延，竟快速直直地朝著林辰焚燒而去。

「靈覺倒是出色，怪不得姜立淳收了這小子。」那聞鞋老頭兒當道士簡直是浪費了，他該去當足球解說員了。

在天火朝著林辰焚燒而去的時候，林辰的落雷術還沒有完成，畢竟沒藉助任何外力的落雷術對於我們小一輩來說，都過於吃力了。

我精準地操控著天火，在林辰身前一米之處停了下來，相信那炙熱的溫度他也感受到了，我凝聚的五行火之力並不是太多，也就足夠這天火燃燒三分鐘的樣子。

不知道此刻是為什麼，我並沒有選擇直接去燒死林辰，在我內心深處，也許我容不下自己去那麼活生生地燒死一個人。

於是，我對林辰大喊道：「林辰，勝負已分。」

而此刻林辰只是平靜地睜開眼睛看了我一眼，然後下一刻繼續掐動他的雷訣。

天空中飄起了豆大的雨點，對應著地上的熊熊烈火，我心裡有一種說不上來的感覺，再次大喝了一句：「林辰，勝負已分！」

而場外也在喊著：「林辰，你輸了。」

連做為監場的聞鞋老頭兒和馮衛都站了出來，喝道：「勝負已分！」

可林辰並沒有停止掐訣，在兩個組織的監場人吶喊的同時，他終於完成了雷訣！

「嘩啦」一道閃電劃過，過了兩秒，一道天雷直直地朝著我落來！

我再也不能隱忍，靈覺稍微一鬆動，天火也朝著林辰吞噬而去！

第五十六章　鬥法終，波瀾再起

什麼是拚命，這就是拚命！我無法形容心裡的怒火，我對林辰留一線，他卻要趕盡殺絕，如果我不能在他落雷之前，燒到他，影響他控雷的落點，完蛋的就是我，我不認為我能扛得住一道落雷。

但我始終慢了一步，是在林辰控制落雷的時候，才控制天火焚燒向他，由於術法的不同，控制落雷比控火簡單多了！

我眼睜睜地看著那道天雷帶著雷電特有的威壓落向我，骨子裡那混蛋光棍性格也剎那沸騰到了極點，那就魚死網破吧，你炸死我，我燒死你，就算我死了，也是我贏，我們這邊摘取勝利的果實，還有承心哥呢！

在那一瞬間，我腦子裡真的只有這個想法，我全心全意地投入控火中，我眼角的餘光瞟見沈星震驚地捂住了嘴，瞟見承心哥怒吼著朝這邊衝來，卻被幾個黑衣人拉住，鬥法場在一方認輸之前，是絕對不可以干涉的。

「轟隆」那道天雷終於落了下來，畢竟這一切都是在短短的瞬間發生的。

但是詭異的是，那道天雷根本就沒有劈到我的身上，而是落在了我的旁邊，濺起了幾顆小石子，打在我的臉上，打得我生疼！

我有些難以置信地望著林辰，他卻朝著我詭祕地一笑。

不，不要燒死他，千萬不要燒死他，在此刻我不能想別的，我的精神前所未有的集中，控制著天火，想讓它停下來，畢竟它現在距離林辰不過也就幾釐米！

就如高速行駛中的車子，行駛容易，急剎車卻是難得，特別是頂點剎車，那簡直是不可能完成的任務，但是在這一瞬間，我幾乎是超越自己地在發揮，以至於靈魂都在顫抖一般。

天火在燒到林辰的瞬間終於停了下來。

我鬆了一口氣，林辰只要稍微退一小步，這天火就對他沒威脅了，我不相信林辰能引雷，卻控制不好雷，他沒有道理讓雷劈不到我的，他是故意的，雖然我不明白他故意的原因是什麼？

我抬起頭來疑惑地望向林辰，紅彤彤的火光映照著林辰的臉，顯得他的神情平靜中又帶著詭異，他忽然抬起頭，望著我一笑，小退了一步，大聲喊道：「陳承一，我輸了！我輸給你兩次，幾乎是在所有的圈中人眼下輸給你兩次。」

火焰仍在熊熊地燃燒，三分鐘之內它都不會熄滅，我心裡有一種說不出的感覺，卻抓不住這感覺的根源到底是什麼，只能愣愣地望著林辰。

「我的自尊，我的驕傲，我這一輩子的夢想在今天結束在你陳承一手裡，可我還必須服氣！陳承一，我林辰不至於輸不起，我只是用天雷逼你燒死我，可惜你又狠狠搧了我一耳光，竟然在微小的距離還能控火，你還真是婦人之仁，但偏偏你這種人卻能踩在我林辰頭上！我拋棄感情，拋棄欲望，忍辱負重，鼓勵我的話只有一句，王侯將相寧有種乎？都是他媽的狗屁，此生已無意義。」說著林辰忽然朝前邁了一小步。

我忽然意識到什麼了，大喊了一聲：「不要！」

林辰卻朝著我一笑，喊道：「祕密已留信上，此生心已死，將我與愛琳同葬！」說著，林辰竟然自己撲向了那熊熊燃燒的天火。

這是絕對的執著造成的絕對的偏激！

我來不及多說什麼，幾乎是聲嘶力竭地朝著那個聞鞋老頭喊了一句：「救他！救他！」

我也不知道為什麼對著那個老頭兒大喊，我只是直覺那個老頭救得了他。

那老頭兒似乎沒有多少的驚慌，只是站了起來，掐起了手訣，天上烏雲未散，雨點還在零星飄下，那老頭兒手訣一掐，那零星雨點竟然在瞬間變成了傾盆大雨，全部集中落在了林辰的身上！

火勢一下子小了起來！那原本纏繞林辰身體而上的天火，瞬間被澆滅，可是林辰全身帶著裊裊的青煙，竟然還要朝前撲！

我沒時間震驚於那個老頭兒的功力深厚，能做到術法舉重若輕，念到即是術到，我知道這已經是極限，藉助了天空中的烏雲，還未落下的雨水，但這個不能完全撲滅天火的。

我對林辰喊了一句：「你他媽的懦夫，我師傅說你是我一生的對手，結果你只輸得起兩場。」

在火光中，林辰終於是停住了腳步，眼中再次燃燒起了希望，下一刻，他終於向後仰去，

「砰」的一聲，呈大字型躺在了地上，胸膛起伏，咽嗚的聲音連我都能聽見。

他念著：「愛琳……」

可惜，愛琳已死，人鬼殊途，這是根本就不能改變的事實，也許殘魂重聚以後，愛琳不久就會輪迴，那時，這個世間的愛琳也就徹底沒有了。

「陳承一勝！」場外的黑衣人在冰冷地宣佈著結果。

場外的觀眾卻無一不沉默，或許這一場跌宕起伏，峰迴路轉的決鬥他們依然還未能從震驚中走出來，直到我慢慢走向林辰，場外才掀起了新的一波人聲之潮。

有為我歡呼的，有發狂般驚呼的，有喊著老李一脈果然威風的，可惜，這一切都與我無關……

天上的細雨還在零星地飄著，我的背後是依然未熄滅的天火，我不想居高臨下地望著林辰，而是蹲了下去。

天火焚燒了林辰將近十秒，他的胸口一下衣衫襤褸，裸露的皮膚紅黑交錯，起了大串的燎泡，甚至露出了嫩肉，顯得狼狽之極，可是望著我的到來，他竟然如感覺不到疼痛般地對我說道：「將愛琳的殘魂重聚吧，我相信你能做到。我不拘禁她殘魂，她或許已經去輪迴了，我捨不得……」

「可時間一到，她會連輪迴的機會都沒有。」雨水打濕了我額前的頭髮，我心中有些悲哀地對林辰說道。

「那能拖一時就是一時，其實……」林辰忽然停了一下，說道：「這樣也好，我怕到時候已經做不到殘魂重聚。」

「你愛她，可惜有的愛是佔有，有的愛是希望她一切都好。林辰，你太偏執。」我站了起來，對林辰說了一句：「他日你我再戰。」

然後轉身走掉了。

此時，天火已經熄滅，整個場中還冒著殘餘的青煙，而我的身後竟然再次響起林辰的笑聲……

這一場決鬥已是落幕。

承心哥扶了扶眼鏡，微笑著望著我，我衝下場去，搭住了承心哥的肩膀，同門的溫暖可以平復內心一些隱隱的傷痛，他愛愛琳，我愛如雪，愛的不同，卻都愛得苦澀，這些讓我翻起了心底的苦澀，可我不想去想。

我現在想安靜地回去，卻被林辰的一個手下叫住，依舊是送上了兩萬塊錢，還有一封信，信上估計是林辰的字跡，張狂肆意，寫著陳承一親啟。

我以為沒有事情了，可這時一個囂張的聲音卻叫住了我：「陳承一，你站著，上人我有幾句話要對你說。」

我回頭一看，不是馮衛又是誰？

「可我沒話對你說。」我對這個有著「強買強賣」不法商人嫌疑的傢伙，一點兒好感都沒有。

馮衛可能想不到我會對他如此囂張，臉色一下子沉了下來，變得分外兇狠，眼神閃爍，彷佛下一刻就想動手。

我乾脆轉身望著他，我通過吳老二瞭解過這個人，是真正的小人，幾乎是睚眥必報，加上貪婪！我們遲早是會撕破臉的，也就不必維持「虛偽」的關係了，所以他兇狠，老子不會囂張嗎？

想你也不會不要臉到在這裡對一個小輩動手！

果然，他只是這樣子看了我幾秒，終究沒做什麼，而是忽然說道：「陳承一，你可敢和我鬥上一場？」

他的話剛落音，已經都要散場的人們瞬間停住了腳步，開始響起了連綿不斷的議論聲和噓聲，你什麼資歷？竟然和一個小輩鬥法？再無動於衷的人都會噓他一聲吧。

這個老傢伙，中氣倒是十足，可以當大喇叭用了，而且臉皮也厚，面對人們的噓聲，竟然無動於衷。

而我卻笑了，然後大喊了一句：「憑什麼？」

是啊，他有什麼理由讓我和他打？老子又不是傻子！

第五十七章　傷心太平洋

馮衛還未來得及答話，那個聞鞋老頭兒就走上了前去，依舊是那副袒胸露懷，搓胸口的樣子，他對馮衛說道：「真是稀奇，說起來你都和他師傅是一輩了，你好意思欺負別人小娃娃？」

這聞鞋老頭兒的話引起了周圍看熱鬧的人一片叫好聲，顯然，不管這個圈子裡的人是怎麼乖張怪異，公道總還是自在人心的。

「顧朝聞，你管得未免太寬了吧？上次你就護著這小子，這次你又出來跳腳？這小子的師門雖然在正道名氣頗大，但好像和你扯不上什麼關係吧？再說，你說他是小娃娃，在我圈中，可不是以年齡來排資歷，他的能力哪點像小娃娃了？」馮衛的臉皮倒是真的很厚，我的能力怎麼樣，關他屁事。

只不過，這顧老頭兒上次就護著我是什麼意思？我望了顧老頭兒一眼，想起昨天晚上鬼市，顧老頭兒好像出現過，還和這馮衛對話過，難道是那次？

這讓我下意識地深深看了沈星一眼，沈星倒是如同想開了一般，淡淡地說道：「顧爺爺人挺好，我參加過一次鬼市，和他相熟了，是我去找他的。」

原來是這麼一回事兒，也就是說顧老頭兒那麼幫著我們，原來是賣沈星面子。我剛這麼想，沈星卻說了一句：「當然，顧爺爺之所以願意出手，還因為他對你師傅頗有敬佩之情，他說不想你們這批沒了上一輩庇護的小輩被欺負。」

這話說得我和承心哥心頭一痛，神色都有些黯然，但也相當感動，這顧老頭兒骨子裡倒也是個熱心人。

顧老頭兒面對馮衛針鋒相對的話，只是「嘿嘿」一笑，說道：「馮衛，無論你說什麼，在這裡是不能逼迫別人鬥法的，在我眼皮子底下，你也別想弄什麼小動作！」

說到最後一句話的時候，顧老頭兒的氣勢陡然提升了起來，整個人哪裡還有那種髒兮兮的，跟撿垃圾老頭兒一般的樣子？

面對顧老頭兒這樣的氣勢，馮衛也不敢攖其鋒芒，乾笑了幾聲，說道：「我可沒說要搞什麼小動作，我只想和他公平一戰，你也說了，若他不答應鬥法，誰都沒辦法逼迫，可若他答應鬥法，你也無權干涉吧？」

馮衛此話一出，周圍出現了一些嘲笑的聲音，顧老頭兒也懶得理他了，顯然在他們的眼裡我根本不可能答應這一場不公平的鬥法，當然，我也是這麼想的，我又不是真的事兒精，哪有主動往自己身上攬事兒的？

馮衛卻不在意周圍的眼光，只是望著我說道：「陳承一，為了公平，我和你鬥法絕對不傷你性命，只要你能傷到我一絲，我就算輸，而且全程我只施一個術法，你看如何？」

不如何，我根本未加考慮，打個比喻，我和師傅鬥法，師傅只出一招，我也許就完蛋了，更別說傷到師傅，馮衛也許沒有我師傅的高度，但他至少也是圈子裡成名已久的高手。

「沒興趣！」我懶洋洋地伸了一個懶腰，和承心哥及沈星轉身就走。

「陳承一，我用最神祕的鬼市名額當做鬥法的彩頭，我的名額讓與你，你也沒興趣嗎？你瞭解最神祕的鬼市嗎？只有在圈子裡有一定身份的人才夠資格參加，就比如說你師傅，就曾經……」馮衛的聲音從我的身後傳來，他提起了我師傅，我和承心哥的腳步幾乎是同時就停了下來。

而這時，顧老頭兒猛地推了馮衛一把，喝道：「馮衛，那鬼市的資訊可不能透露，你別壞了規矩，引得對你實行懲罰。」

我死死地盯著馮衛，他卻做出一副無賴的樣子，說道：「我透露了半句嗎？沒有吧？我只是說他師傅在幾年前參加過，怎麼了？這個不能說。」

顧老頭兒著急地看著我，我的心中卻像燒起了一團熱火，直接站出來說道：「我應著了。」

「我出了彩頭，你也得有，對吧？你的虎爪，我自會有辦法重新拘回虎魂。」馮衛低聲說道。

他的目的就是這個，他此刻也望著我，臉上有一絲緊張，他怕神祕鬼市的名額不夠吸引我，畢竟我這種小輩根本不可能瞭解神祕鬼市具體是什麼的。

他可能不知道我們對上一輩的執念，他只是用我師傅參加過來誘惑我，卻根本不知道已經歪打正著，觸動了我最敏感的神經。

虎爪？是嗎？只是一招，那我的把握就比較大，或許我不該衝動，但我沒辦法壓抑心中的火熱，師傅幾年前如果參加過，在這裡面的線索可就大了，我說不出放棄的話。

但我還是不能衝動，我緊握著拳頭，幾乎把手掌都掐出血來，反覆地計算著一招的可能性，我最大的依仗，這些年的進步，終於我吐出了一個字：「好！」

承心哥站了出來，說道：「不好，不管是不是一招，你也太欺負人了，加我一起戰鬥，還差不多。」

馮衛望了承心哥一眼，頗為不屑地說道：「醫字脈，說真的，我不好意思欺負你。」

我拉過承心哥，在他耳邊低語了一句：「承心哥，別衝動，他不瞭解咱們老李一脈醫字脈的手段，你就當底牌藏著，咱們寶貝太多，說不定已經有有心人惦記上咱們啦。我只是想說，我的中茅之術，威力在這幾年提升了至少三成。」

承心哥驚喜地望了我一眼，接著對馮衛聳了聳肩膀，然後說道：「那好吧，你不想欺負我，我也不至於送上門來給你欺負，那就算了吧。」

馮衛張狂地大笑，對著我說道：「陳承一，君子一諾千金，你別忘了你今天答應之事。我也不欺負你，你就回去好好歇著吧，我們的鬥法就定在最後一天的下午，哈哈哈……」

馮衛得意地大笑，在此時，林辰已經被他的下人用幾張床單抬了起來，他的意識尚算清醒，他望著我說道：「陳承一，我們不是朋友，但我相信你可能不會輸，我要說的話已經寫在信裡，這屆鬼市我就先行一步離開了，你記得你說的話，他年我們會再次鬥法。」說話間，他的聲音忽然低沉了一些，說道：「好好安葬愛琳，抱歉給你惹了麻煩。」

他指的是馮衛，不過這麻煩未嘗也不是機會，這小子還算厚道，終究都沒有吐露我會中茅之術，能請師祖上身之事，我相信馮衛也不見得比吳立宇來得牛逼。

這就是我和承心哥的把握。

「我成這個樣子了，想必你們不會阻止我提前離開鬼市吧？」林辰望著顧朝聞和馮衛說道。

顧朝聞表示不在意，而馮衛卻咧嘴一笑，說道：「蛟骨留下，自然沒有阻力。」

這是赤裸裸的威脅，看起來，這馮衛根本就不在意什麼名聲，臉面，他本就是邪道之人，以駁雜陰氣為修，性格自然我行我素，極端，陰險。

林辰只說了一句話：「蛟骨給你？你要得起嗎？我如果記得沒錯，那是我們組織一位前輩給我的，我可以給你啊，你考慮清楚，你到底要不要？」

林辰也不是什麼任人揉捏之人，一句話出，馮衛的臉色一下子就變了，過了半晌，他才說道：「你可以滾了。」

很明顯，他不敢要，而林辰不屑地笑了一聲，就讓幾個他的隨從抬著走了。

我在心裡暗歎，我們老李一脈剩下的同門，還真是可憐，真的只能靠自己！但師傅曾說過，自己的路自己去走，自己的因果自己去擔。

同理，老是靠著老一輩庇護，終究也走不出個大道來，更別提我們有一天會有能力去到昆侖，化解心中的執念了。

事情到此，塵埃落定，該說的已經說了，我沒再理會那馮衛，和承心哥、沈星一同離去了，人們也散開了。

不管我承認與否，我真的是個事兒精，一波未平一波又起，我是不是該哼唱一下這年頭最流行的《傷心太平洋》呢？

想到我就忍不住嚎了一句：「一波還未平息，一波又來侵襲，茫茫人海，狂風暴雨……」

「深深太平洋的深深傷心！」承心哥笑著接了一句。

換來的是沈星一路的笑聲。

第五十八章　不能確定的消息

這一戰是在圈內成名了嗎？一路上，人們看我的眼光第一次多了一絲叫做敬畏的東西，可我不在意這個，我在意的是在一路上別人提起老李一脈，都會感慨著讚揚幾句。

喜得承心哥一路上都在誇我給師門長臉了，畢竟看一脈的傳承，在圈外人看的是算命啊，風水什麼的，而在圈內人看的則是山字脈的功力。

開開心心地回到了宿舍，承心哥很財迷地去數錢了，並且大方地大手一揮，給了沈星一萬，但是沒想到沈星只收了兩千塊蘋果錢，她很是淡然地說道：「我錢要多了沒用，況且我也不缺錢。」

他們怎麼分錢，我不在意，我只是有些欲言又止地看了沈星一眼，想起第一次見她，那條僻靜的小巷，帶著怪異笑容的她，我怎麼也把那個她和現在的她聯繫不起來。

但我不能問，她也不會說！

開心了一陣兒，我們討論了一下今晚去鬼市的計畫，那個「屋中屋」是絕對要去的，但是就一個人去好了，畢竟我和承心哥兩個人都去，和一個人去也沒區別。

不過，此時那「屋中屋」已經不重要了，更重要、更讓我們期待的是最後那場神祕莫測的鬼市，關於那個鬼市人們除了知道存在，具體一點兒的消息可是一點兒都沒在坊間流傳的！

說完了這些，我也想起了林辰給我的信，這個時候，我才把林辰的信拿出來，和承心哥一起看了起來。

林辰沒有騙我，這封異常簡單的信，果然透露了對於我來說很重要的楊晟的消息。

只是看了一遍，我的手就顫抖了起來，我強制自己冷靜，生怕看錯了意思，拿著那封信，又看了第二次。

陳承一：

你看到這封信的時候，也就是說明我輸了的時候，說不定是已經死了吧？

其實，輸贏我沒有把握，所以我抓緊這一個小時休息的時間，給你寫了這封信，我怕到時候不能親口告訴你這些消息。

我林辰雖然算不上什麼君子，但到底是一個重諾之人。

在告訴你消息之前，我先提一個請求，若我身死，請把我和愛琳同葬，以你和月堰苗寨的關係，這一點兒是能做到的，不是嗎？

我想以你婆婆媽媽的婦人之仁，也不會拒絕我的，我也就不囉嗦了。

關於楊晟，他在組織中是比我還高層的人物，你不得不承認，他是一個天才，能成功地去研究一些玄學上的東西，他高層到了什麼地步呢？

哈哈哈，透露給你一個祕密，高層到組織查出他曾祕密給你送信，都沒有動他分毫，你聽了是不是很開心？

再悄悄跟你說一個祕密，其實我挺恨他的，如果沒有他兩次冒險給你送信，我的愛琳的犧牲怎麼會如此地沒有意義？我拋棄感情所做的一切又怎麼會如此失敗？

所以，我恨的人，他第一，你第二！你們不愧曾經是好兄弟，和我拿你沒辦法一樣，我同樣拿他也沒辦法，他是組織的寶貝，而且他身處的位置也不在華夏國！

組織給他提供了最先進的研究條件！

最後，再給你一個不確定的消息，算上這樣，我給的彩頭也算夠分量了，那就是天才總是瘋子，不是嗎？楊晟好像太過沉迷於研究，把自己變成了一種怪物，但願這個消息是假的，哈哈哈……

林辰

信上，林辰的口氣就如他的字一般，狂傲不羈，但我看了第二遍，我卻真的確定了，這封信上的內容我沒有讀錯。

我的整個手都在顫抖，心裡是一種說不出的難過，彷彿再次回到了那個荒村，在村口，晟哥交代我一些瑣事的時光……

試問，晟哥，你連我都如此放不下，冒險給我送信，你何以放得下懷孕的嫂子？

我不得不感謝林辰的這封信，讓我知道了多年前那個送信的大鬍子原來是晟哥！原來是他刻意偽裝而成的……

但讓我心慌顫抖的是另外一件事情，是信的最後，林辰說晟哥把自己變成一個怪物，什麼樣的怪物？我根本就不敢去想像，可我沒有辦法，我心慌到一閉上眼睛就會想到那紫色的植物，想到老村長，甚至想到那個被取走的紫色蟲卵！那會變成什麼樣子？

連我都不敢想像，可憐的靜宜嫂子能想像，能接受嗎？

看我的手不停地發抖，承心哥有些擔心，他從我的兜裡摸出一枝香菸，塞進了我有些顫抖的嘴裡，然後幫我點著了，在我耳邊不停地對我說道：「承一，吸口菸，冷靜點兒，一定要冷靜點兒！」

承心哥當然知道我的弱點在哪裡，一旦涉及到身邊人的感情，我總是太過於看重，一旦看重，情緒上就會忍不住衝動。

我把信揉成一團，閉著眼睛深深地吸了幾口菸，當淡藍色煙霧被我吸進身體，吐出了濃白色的菸氣時，我的手總算不顫抖了，我取下菸，有些迷茫地望著承心哥，幾乎是顫抖著說了一句：「如果晟哥變成了怪物，那……那要怎麼辦？」

承心哥重重地按住我的肩膀，說道：「承一，首先這個消息林辰都不確定。退一步來說，就算是真的，那也是他的選擇，他是回不來了，連華夏他都回不來了，只要他自己不後悔，我們旁觀者再急又有什麼用？」

「可是，可是我想救他！」我咬著香菸，眼睛半眯著，語氣低沉地說道，我知道這一刻的自己是非常認真的。

「人，只能自救，救贖自己的心，包括面對死亡，也只能自救心的解脫與平靜！你難道不懂嗎？除非楊晟自己悔悟，放下自己的執迷，否則誰也幫不了他！如果他願意悔悟，去承擔自己的過錯，你也可以救他的，你想啊，昆侖啊，鬼市啊，那麼神奇的存在都在，我們難道還不能想辦法嗎？」承心哥對我說道。

沈星卻自始至終不發一言，直到這時，她才幽幽地說了一句：「心於這世間已死掉，那還如何救？」

這話什麼意思？承心哥和我同時皺著眉頭，看了沈星一眼，沈星卻白了我倆一眼，警告道：「別和我搭話啊，我煩著呢！你倆自便。」

這句話堵得我和承心哥不知道說什麼好了，倒是承心哥那番話，讓我的內心總算平靜了一些，但是一道新的難題擺在了我的面前，晟哥我算是知道消息了，但我要不要告訴靜宜嫂子呢？

在抽了兩枝菸以後，我決定最多告訴靜宜嫂子一部分，不能全部都告訴她，特別是林辰那個不確定的消息，更不能對靜宜嫂子說。

摁滅了菸蒂，到這時，我的內心才稍微鎮定了一些，帶著一些對過往歲月的懷念，一股我怎麼也壓抑不住的疲憊從體內湧出，連續兩場鬥法，畢竟不是一件兒輕鬆的事兒。

終於，我陷入了沉沉的睡眠！

當我再醒來的時候，已經是凌晨一點，今天的鬼市已經開始一個小時了。

我大呼一聲糟糕，就從床上蹦了起來，換來的卻是承心哥不滿的嘀咕聲，他說道：「糟糕個屁，昨天晚上我們第一批，今天該是最後一批吧，你安心睡吧，明天早晨七、八點再去也不會晚，真是的。」

可這時我的肚皮「咕咕」作響，我無辜地對承心哥說道：「我肚子餓了！想吃東西。」

承心哥探出一個頭來說道：「那你看我像吃的東西不？」

「我現在看什麼都像吃的東西，你說呢？」

「那你吃我吧！」承心哥一副無賴的語氣。

「你啥意思？」

「就那個……那個你下午睡了，我不無聊嗎？把咱們不多的乾糧吃了……」

「我×！」

第五十九章　自作自受

那一個晚上的結果是我把沈星剩下的蘋果都偷吃完了，付出的代價是左邊眼睛成了熊貓眼，而承心哥做為吃完存糧的罪魁禍首，右眼睛成了熊貓眼。

沈星的原話如此：「我不要錢，沒用。既然兩千塊錢已示懲罰，警戒不了你們，那就一人一拳吧，早就想打你們了，三十幾歲的人跟個孩子似的，我最討厭到了年齡不穩重的男人了，覺得那是裝天真。」

我和承心哥當時還慶幸，連錢都不要，好輕鬆啊，一個女孩子的拳頭能有多重？結果就成了這樣，變成了獨眼「熊貓」，兩個人組合在一起，就是一隻「熊貓」了。

打完之後，沈星才揉著拳頭告訴我們：「哎，手生了，前些年的跆拳道白練了！」

男人可以打女人嗎？可以嗎？不可以！於是我和承心哥忍了，就這樣在上午八點多的時候，頂著熊貓眼去參加鬼市了。

可好歹現在我已經算個「名人」了，和承心哥這副形象去參加鬼市，免不了被別人指指點點，原本承心哥是不想去參加今天的鬼市的，但又架不住想去找一些輔藥的消息，加上留在屋子裡怕再被那個女暴力份子打，也硬著頭皮出來了。

於是，我倆一路走出去，成為了人群的焦點。

「咦，那陳承一昨天那麼威風，今天咋變熊貓眼了？」

「誒，另外一個小子也是熊貓眼，他倆打架了嗎？」

我們聽得最多的就是這樣的議論，直到我們遇見一個傳播小道消息的人，被我們親耳聽見了他傳播的小道消息。

「嘿，我就知道，這『兩口子』打架嘛，不新鮮啊。」那人老神在在地給別人說道。

「什麼兩口子啊，明明就是倆男人，你扯淡吧？」

「我哪能扯淡？咱們這圈子裡，男的女的惺惺相惜在一起陪伴的少了嗎？再說，我跟你們說啊，有一天，我親眼看見那個戴眼鏡的拉著那個，嗯，就是那個陳承一，那叫一個濃情蜜意化不開啊。」

我和承心哥聽見這樣的消息，同時牙關緊咬，青筋暴跳，原本被沈星一人揍了一拳，就是一肚子火氣，現在這散播謠言的傢伙，讓我們的火山爆發了。

兩人對視了一眼，二話不說，衝過去架著那個散播謠言的傢伙就走，拖到僻靜處把他狠狠抽了一頓，我和承心哥才算解了一些氣。

可那傢伙嘴賤，被打到趴在地上了，嘴上還嚷著什麼：「夫妻同心，其力斷金，龜兒兩個心肝嘿黑（兩個人心腸很黑），幾定子（幾拳）就打得老子嗯（老子）吐血。」

承心哥一聽又火大，衝過去還想踢兩腳，被我拉住了，說道：「走吧，這娃兒是個四川人，看在我老鄉的份上，別打了。」

但我也不忘警告他一句：「嫉妒老子帥，老子可以理解！你不要為了阻止女道友對我芳心暗投，就編派我和我師兄不得不說的故事，老子再聽見一次，就見你一次打你一次！」

威脅完那傢伙，我和承心哥才算神清氣爽地去參加鬼市了，畢竟內心的火氣都發洩出來了！

承心哥更是哈哈大笑，說那傢伙上輩子肯定欠了沈星一頓飯錢。

我問為啥，承心哥笑說，如果沒欠飯錢，咋可能是沈星種的因，他去還果呢？

等我和承心哥倆跟兩個二杆子似地晃到鬼市的時候，那裡幾乎沒有什麼人了，我們交過了藍色的票，算是最後進去的一批，但我們不在乎。

昨天連贏兩場，四萬鈔票放身上，哥兒們「財大氣粗」！

按照約定，承心哥是不會進那個「屋中屋」的，他要在外面晃悠著找藥材，進「屋中屋」的只是我，我邁著暴發戶一般的步伐直接走去了那裡，二話不說，甩出一萬塊錢，待那個人數清楚以後，跟個大爺似地走了進去。

一進去，我那輕鬆的心情就立刻沒有了，因為在這裡面，我感覺到了一股股強大的靈力波動，這裡不用說，應該就是整個鬼市陣法的中心，那些靈力的波動，對人的影響還是比較大，就像我，全身的血液流動都加快了，畢竟陣法的靈力不是自己的，和自己並不交融，會影響自身的。

就如誰都知道，人參是大補之物，但是一次吃多了，絕對就是有害了。

怪不得這裡會設置門檻，修為不行的來這裡，絕對會被這裡的靈力波動給「刺激」出去的，而修為不行的人，一般錢財也不多，他們也用不著求「老鬼」那麼「高端」的東西，這就是收高價的原因。

適應了這裡波動得厲害的靈氣以後，我開始適應這裡的黑暗，和外面還點著密集的蠟燭不同，這裡根本就是一片黑暗，乍一下進來，根本就不敢動，只能適應一下，才敢行動。

就在我努力適應這裡的黑暗的時候，一個聲音冷不丁地傳到我耳朵裡：「小子，昨天風頭出得大，今天來這裡就『抓瞎』了不是？在這裡交易，不是靠眼睛的，靠的是靈覺和天眼。你有天眼，你看得見全部，你就可以慢慢挑選，和誰交易都行！你要是憑著靈覺，那你感覺得到誰，就和誰交易。」

我猛地聽見這聲音，嚇了一跳，下意識地就掏出打火機照了一下，然後看見一張普通的，完全陌生的臉憤怒地盯著我，下一刻就吹滅了我的打火機，怒氣沖沖地說道：「這裡不能有一點兒光亮，那些『老人家』可不喜歡，念你初犯，再有下次，你就給我滾出去。」

這倒是我唐突了，趕緊收起打火機道了一個歉，解釋道：「我就是奇怪，你認得我，怕你是我熟人。」

那人不耐煩地「哼」了一聲，然後說道：「不要再有下次！總之規矩我已經給你說了，要你沒有天眼，靈覺也不夠強大，就趁早出去，還能說明情況，退得五千塊錢。不過，看你昨天的鬥法，靈覺是極為不錯的，我也就不囉嗦了，你自便！」

說完，那個聲音就消失了，而我經過和他的對話，眼睛也稍微適應一點這裡的環境了，但也只能看見影影綽綽的人影在走動，路都看不清楚。

但天眼是什麼東西？哥兒六、七歲的時候就開了天眼了，對我來說有難度嗎？在下一刻，我默運口訣，一下子就打開了天眼的狀態。

這樣的行為，惹得剛才那個聲音的主人輕咦了一聲，然後小聲說了句：「怪不得，沒有天賦也難進老李一脈的門！」說完，也就無聲無息了。

可我卻沒有閒心再和這個聲音的主人廢話了，因為我一開天眼就被這裡的景象嚇到了，老鬼果然在陰暗裡活了太久，不能說鬼心理變態，但也絕對算愛好特殊，眼前這一幕幕的情形真是嚇了我一跳，真是太震撼了，我恨我看得太清楚，真的想自戳雙目！

可是有什麼辦法？更倒楣的是，靈體的神奇特性，註定了對別人的「目光」敏感，你看到或者感覺到它的時候，它絕對能感覺到你看到它或者感覺到它了。

於是，更精彩的一幕出現了，它們幾乎是齊刷刷地朝我望來，那個時候，我真想搧自己兩耳光，開他媽的天眼，炫他媽的靈覺，這下成為了目光的焦點，看著一個個正面，真是自作自受！

但是，沒有人同情我，那些模模糊糊的人影反倒是很好笑地看著我這樣出洋相，我一咬牙告訴自己必須適應這樣的天眼狀態，和每一個交談，也才能得到更多的消息，不是嗎？

於是，我忍著震撼不適，努力地打量起這裡的每一個存在！

第六十章　骷髏官兒

我以前就知道一個事實，那就是如果你和「好兄弟」在它生前沒有接觸過，那麼它影響你大腦，讓你看見它是什麼形象，那它就是什麼形象。

但是這個形象也是有局限的，具體的局限在哪裡，我又不是「好兄弟」，我不太清楚，但師傅曾經和我討論過，應該問題的關鍵就在於記憶裡的存在，也就是說，整個人確實經過了某種變化，才能出現某種形象。

我以前是不在意的，可今天看著這些老鬼，才知道什麼叫「怪癖」！

這些老鬼出現的形象多半都還保留著它們所在那個時代的特色，無論是穿著，還是髮型，讓人第一眼看去，就好像走進了戲園子，或者某個古裝片拍攝現場。

問題這不是關鍵，關鍵是它們也不知道什麼愛好，弄出來的形象大多是臨死前一刻的，這是什麼概念？誰死之前的形象會好？況且有一些一看就是非正常死亡，那樣子就更加猙獰了，我甚至看見一個古代死刑犯，身首分離，它自己舉著腦袋……

更有甚者，保留的是自己下葬時的形象，最無語的是一個身穿官袍的男人，我只能肯定是男人，畢竟在那個時代可沒有女子當官一說，直接就是一個骷髏。

這讓我想起小時候看的電視劇，好像是講什麼清官的，內容無半點恐怖之處，但是那片頭活生生的就是一個骷髏穿官袍，站在遠方，然後忽然來一大片血，凝聚成了一個片頭，大概是如此的。

後來有一說是為了表現精忠熱血的官魂！真夠扯淡……

莫非那個官服骷髏也是這個想法，我起了一身雞皮疙瘩，和別鬼（別人）怪異的形象比起來，這個骷髏還是看得最順眼的一個，真是……

除了這些，我在這裡也看到了真正的動物仙，許是功力深厚的原因，它們的靈體能勉強凝聚成人型，要知道動物對人類都是無比嚮往的，化形為人是它們的渴望！

相比於那些「怪癖」好兄弟，動物仙倒要正常多了，人家至少努力地想表現一個正常人的形象，雖然還脫離不了動物原本的特徵，就比如一個明顯是蛇的傢伙，隱約還有蛇形和一些鱗片浮現，凝聚成的臉也是尖細的。

加上它是條母蛇吧，那髮型打扮瞬間就讓我想起葫蘆娃裡的蛇精，莫非葫蘆娃不是純粹的「傳說」？有現實依據？或者我該唱一首「葫蘆娃，葫蘆娃，嘀滴答嗒咚咚噠噠，葫蘆娃……」？

這樣想著，我的心情也就輕鬆了很多，那些傢伙早就不注意我了，畢竟在這裡能開天眼的人就多了，我想沒必要因為我長得帥就一直注意我，是吧？

經過了短暫的觀察，我發現這裡的傢伙們並不會像外面的「好兄弟」擺攤出賣什麼，要弄到你想要的東西，只能和它們一一互相交流，好在進來之前，我就知道這裡是沒有所謂時間限制的，除非是這裡的傢伙們「累」了，自行離開。

按照規矩，它們待在這裡不會超過上午十一點，現在九點多，我的時間也還算充足。我要找的是昆侖的消息，這就註定了我不能去問什麼身前是死刑犯和普通人之類的，它們的地位決定了它們的眼界，我就先從那個骷髏下手了，如果它不行，我就會選擇動物仙了。

但我打心底不願意選擇動物仙，原因很簡單，它們太迷戀人間的香火，很喜歡纏上別人。

這樣想著，我信步走到了那個骷髏的面前，開口說道：「前輩，小子有一事相詢，若前輩能知一鱗半爪的消息，小子也願意用足夠的代價來交換。」

那骷髏官兒的眼睛就是兩個黑洞，更不可能有什麼表情，我也不知道它到底有沒有在聽，甚至有沒有注意我，總之說完後，我就忐忑不安地盯著它，這裡的老鬼那麼變態，誰知道性格方面什麼的，會不會也極難接觸。

「說吧，你是探尋你道家先輩的洞府，還是求失傳單方、隱世靈藥，或者是需要一些這世間歷史上的絕密資訊，本官都還是有一些資訊的。當年，陰差陽錯錯過輪迴之路，本官在修行中，也算遍遊華夏，看盡興衰。」在隔了好一會兒之後，那骷髏官兒才開口說話，聲音是一個清雅的中年人，出人意料地文謅謅的，還好聽，不是我想像的骷髏聲兒。

當然，我也不知道沒聲帶的骷髏，能發出什麼樣的聲兒。

看來古時候就有文化的人，變為老鬼後，也是有修養的，甚至比現代的文人更有修養，除了形象上有些怪癖，還滿好接近的，這個骷髏官兒口氣頗大，倒讓我放心了一些，很直接地就問道：「前輩，小子想知道關於昆侖的消息，那些傳說什麼的，小子就不想聽了，想聽一些比較確實的消息，就比如說昆侖所在之地，或者如何進入昆侖。」

我這話說得並不大聲，甚至是有一些小聲，可就這麼一句話，竟然引得周圍四、五個老鬼的注意，甚至有一個仙家都投來了探詢的目光，至於那個骷髏官兒更是誇張地倒退了一步。

莫非，這裡面還另有玄機？我有些想不通透，但還是謹慎小心地補充了一句：「希望前輩不要誤會，昆侖一直是傳說中的仙家之地，西王母的居所，在那裡才是道家人的天堂……畢竟天庭的傳說太過遙不可及！倒是昆侖，在歷史上屢屢有星點傳說。小子身為一個道家人，自然是對這道家最頂級的洞天福地心生嚮往，所以……」

我不得不那麼說，我總覺得這裡的反應有些不對勁兒，這也是一種本能的自我保護吧。

「昆侖不是你這樣的小輩所能探詢的，更不是我輩能夠窺得一鱗半爪的。你先前問起，真是魯莽，會讓這裡好些客人誤以為你是昆侖之後，這樣可不是好事兒。」不得不說，這骷髏官兒是個頗有修養的好人，語氣還很和善地提醒了我一句。

而那些傢伙聽我之後的說辭，早就沒有興趣地轉頭各做各事了。

但我的心卻狂跳了起來，「昆侖之後」什麼意思？莫非這骷髏官兒還真知道一些關於昆侖的事情？想到這裡，我裝作很是興奮又無知的樣子望著那個骷髏官兒，故意大聲地說道：「前輩，昆侖之後，莫非真有昆侖？小子望前輩告知！不然我修者一輩，前路茫茫，修到頭來，也終究化為一抹黃土，意義又是何在？小子也非覬覦昆侖，只是想有一個目標鼓勵自己的道心。」

果然，我說出這番話後，那些先前盯著我的傢伙們更沒有什麼興趣了，倒是那個骷髏官兒發出了一陣清朗的笑聲，下意識地做了一個摸下巴鬍鬚的動作，問題是一個骷髏哪來的鬍鬚？它也就是比劃了一下，然後說道：「說起來，我也只知道一些小小的消息，這裡的很多位也知道這個消息，只要是在修行圈子裡，只要是年齡到位了，這個消息算不得絕密，只不過……」

說到這裡，這個骷髏官兒打起了官腔，一副沉吟的樣子，我心裡當然知道是什麼意思，立刻說道：「前輩有什麼消息儘管提出，只要是小子能付得起的代價，小子願問前輩買到這個消息。」

「好說，好說……」那骷髏官兒總算不打官腔了，立刻接了話，然後說道：「這個消息也不算絕密，所以代價也不算高，那就是我觀我後人其中一人，頗有一些聰明伶俐，想為他求一術，也讓我的後人慢慢進入修者的圈子。說起來，這倒算我的執念了，但我始終認為只有修者才能更接近生命的真諦！我和他人鬼殊途，按規矩也不能傳道與他，你看這個條件如何？」

我的心開始盤算了起來，我老李一脈雖說是規矩最為散漫的，但無論道法、術法都是不能亂傳的，他說求一術，我這裡倒真有一術可以和玄學中的風水學，還有巫術能扯上一些關係，那就是在宣林老家得到的術法。

在宣林家那邊也希望術法不要失傳，不知道是不是緣分，和這老鬼的要求還頗為合契，只是這術法對人品的要求確實很嚴格的，亂用術法後果也是很嚴重的。

我在心底盤算了一番，終於有了決定。

第六十一章　隱祕

所謂君子坦蕩蕩，小人長戚戚，這個骷髏官兒也算是一個君子之鬼，我的想法很簡單，就是把這套術法的利弊好好地跟他說一說，於是我開口說道：「前輩，小子師門有規矩，師門之術是不能隨便傳與他人的，您若常年接觸這個圈子，也該知道這個忌諱。但由於機緣巧合，小子手上倒是……」

由此，我把這套術法的詳細情況還有利弊，和我的擔心全部都告訴了骷髏官兒，一切都由它決定了吧。

果然聽完我的介紹以後，那個骷髏官兒沉吟不已，過了好半天才說道：「這套術法說起來也是一套大術了，也絕對夠我子孫憑藉這套術法將來立足圈內，和圈子之人接觸了，你用來和我交換，你還吃虧了一些。不過也正如你所說，這套術法讓其心不正之人使用，確實後患無窮，我觀我那子孫，心地尚好，但萬事皆要防備一些，不若這樣……」

那骷髏官兒提出了一個辦法，讓我把這套術法分為很多次傳授給他子孫，而且那一部分太過逆天害人的，不到最後絕不輕傳，另外讓我給他子孫定下嚴格的規矩，必須遵守。

最後，它讓我自己考校一下他子孫的人品辦事，總之在這樁交易裡它留給我很大的自由度。

這樣，倒是解開了我的後顧之憂，也冥冥中覺得我真的是受到了庇佑，一樁生意、一個善念結下的因，竟然能換來今日鬼市的善果。

在它告知了它自有辦法讓它子孫接受我以後，我們這樁交易就算敲定了，這個骷髏官兒也開始祕密地給我講述它所知的昆侖的消息，由於鬼物並不能真的說話，它跟我交流更像是一種心靈的交流，這樣倒也不擔心洩密。

「昆侖在明朝以前，關於它的傳說就很多，在明朝之後，有了一批人是真正能確定它存在的，那批人就叫做昆侖人。之所以這樣說，是因為他們真正去過昆侖，並在昆侖得到了『授業』！」那骷髏官兒緩緩道來。

卻引得我驚呼了一句，什麼？這是我第一次聽到如此確定的消息，之前的萬般猜測都聯繫了起來，神祕的師祖、紫色的蟲子和植物、明朝時候的劇變……

「莫急，你且聽我慢慢道來……」或許這個消息對於這「屋中屋」的傢伙們來說，就正如那老鬼說的不算絕密，面對我的震驚，那個老鬼一直保持了一種淡定的語氣，反倒勸起我莫急。

「這個消息原本是絕密，可在那時不知道為什麼，接受昆侖授業的人越來越多，有人是心知肚明到了昆侖，而有人卻始終渾渾噩噩，消息也就在圈中傳了出來，於是就有了一部分圈中人和極少的普通權貴之人知道，這就是在明朝時，圈中轟動一時的昆侖授業，能得授業者幾乎是一步登天，朝廷中知道這個絕密的人也在盡力收羅昆侖授業的人才。但是到了後來，這些昆崙人中好一部分極有本事的人又消失了，剩下的，不能確定是崑崙人的身份，或者只是一些小技之人。」

隨著骷髏官兒的訴說，我的心跳越來越快，又消失了是什麼意思？我想起了我那神奇的有三百多歲的師祖，或者他根本就不是三百多歲，難道他是……

可是我沒有插嘴，反倒是任骷髏官兒繼續訴說下去：「這些崑崙人消失以後，就再也沒出現過，或者他們出現了，卻不是我們能知道的，直到後來，在圈中流傳出了一個傳說，在華夏大亂之時，那些崑崙人接連現世收徒，這些徒弟就被稱為崑崙之後。這些崑崙之後都是得祖輩庇佑，道正術強，而且身懷重寶，所以你剛才有此一問，就被人懷疑是崑崙之後，你要知道覬覦崑崙之後的『各路神仙』那是極多的，大多不是你們陽世之人，他們見識太少，多的是我們這種靈體，或者一些老怪！你懂吧？」

「我懂，小子愚鈍，差點就惹禍上身啊。」我趕緊裝作惶恐的樣子說道，但事實上我也是真的惶恐。

「我所知消息也就是那麼多，崑崙所在，虛無縹緲，那就不是我能知道的範疇了。如果你有幸參加最後那個神祕莫測的鬼市，或者能得一點兒消息。不過，以你的資歷是不可能參加的，而且那種消息你得知了也無用，況且要找到知道消息的前輩，就算那種鬼市也是不易的，最後，你也付不起代價吧。」那骷髏官兒簡直是一點兒面子都不給我，接二連三地給我潑了好幾盆冷水。

可是那樣的鬼市我是真的不能參加嗎？感謝馮衛！哥兒我是一定要參加了。

我在心裡暗暗較勁，表面卻裝出一副遺憾的樣子，然後問道：「前輩，你說昆侖之後，那一定是存在於圈中的吧，我怎麼一個都沒看見？」

「哎，我剛才說過，覬覦他們的『各路神仙』是極多的，你別看現在這個世界已經走向了另外一個發展方向，但事實上，某些老怪是絕對存在的，只不過它們若想藏起來，豈是你們在世人可以找到的？況且，你們在世人中一樣也有老怪的！由此，你說昆侖之後為什麼不出現？況且，那個時候現身的昆侖人都是神祕莫測、不能判斷身份的，何況昆侖之後呢？」骷髏官兒倒是知無不言，言無不盡。

我心中恍然，怪不得師傅不讓我和圈子裡的人接觸，原來也有這一層的原因在其中啊。想起來，我和承心哥冒冒失失地來參加鬼市也算冒險，好在我剛才機靈。

況且師傅他們一脈大多依託國家，這其中問題倒也是不大。

不過，總得來說，這個骷髏官兒還真是給了我極其有用的東西，解開了我心中很多謎題，也對未來的方向有了一個把握！昆侖授業，這個詞語是多麼的震撼，我身為一個道家人，怎麼可能不心生嚮往？

至此，我對昆侖的那種特殊感情，除了因為師傅他們以外，又多了一層別的東西，那就是對道的嚮往。

如果沒有堅定的道心和目標，又何以在茫茫大道上堅持下去呢？

這次的交易是愉快的，我付出了一個極能承受的代價，得到了如此重要的消息，怎麼可能不愉快呢？

倒是承心哥，去鬼市轉悠了一圈，一無所獲，那倒不是沒有靈藥，而是所付出的代價都太大，為輔藥付出這樣的代價不值得，承心哥的打算是，反正都要去東北老林子轉悠一大圈，到時候去採些藥也不是不現實的。

何況，鬼市結束以後，承心哥就要開始供養老鬼，那老鬼也不知道發了什麼神經，竟然來了個慷慨大方，它今天遇見承心哥以後，竟然對承心哥說，以後也不是不可以指點承心哥一些別的祕寶和祕藥的所在。

我和承心哥蹲在一個僻靜的地方，我叼著菸，他叼著菸斗，就這樣交流著各自的所得，不是我們防備沈星，而是這些事情無論哪一件都是驚世駭俗，還是保守祕密的好。

在承心哥說完以後，我也把我得到的消息給承心哥說了一遍，他激動得整個人都在顫抖，他聽到最後只對我說了一句話：「陳承一，我不管你小子用什麼手段，哪怕是仙人偷桃這種招數，你都要把馮衛打贏了。」

「我知道，咱們山字脈也不是沒有祕法，到時候，就算用祕法，我也要讓中茅之術發揮出一個極大的威力，你放心好了。」我瞇著眼睛說道，但我沒告訴承心哥，祕法都需要代價，這個代價我絕對會付。

而承心哥對山字脈不算多瞭解，但對我是極其放心的，他叼著菸斗只是低沉地說了一句：「真有趣，咱們師祖絕對是昆侖人，我判斷不錯的話，咱們就是昆侖之後，真是有趣啊！咱們師傅竟然半句都沒給咱們透露！」

第六十二章 魔頭

最後一場鬼市，我和承心哥都覺得沒有參加的必要了，我們怕最後一場神祕莫測的鬼市需要的又是一個天價，到時候就算有名額都參加不了，這主辦鬼市的兩個組織死要錢的德性，是很不讓人放心的。所以，能省一個是一個吧！

雖說是要省，可是在吃的方面我們確實扛不住了，那五十塊錢吃不飽的盒飯，吃多幾次還不如弄個五百塊錢的四菜一湯管飽呢，明天下午我有一場大戰，那吃的又豈能虧待自己？師傅一直教育我，吃飽了才有氣力幹活！

這一天在鬼市真的是休閒的一天，沒啥事兒，還能吃得好，睡得香。

但愉快的時間總是短暫，一天的時間晃眼就過，很快就是第二天的下午了，我和馮衛約定一戰的時間。

按照規矩，我和馮衛一樣要去寫一個類似於生死同意書的申請書，為了保險起見，這份申請書我寫得分外詳細，包括馮衛只能用一招，而我無限制。不能危及我性命什麼的都寫得清清楚楚。

那馮衛只是隨意瞥了一眼，就龍飛鳳舞地簽上了他的大名，摁上了他的手印，看他的樣子，他是信心十足，根本不在乎這些細枝末節。

馮衛簽字摁手印以後，我也跟著簽字摁上了手印，接下來就是明暗兩個組織的事兒了，我們只需要等待鬥法開始。

一個小時以後，所有的準備工作都做得差不多了，鬥法也就正式開始了。

我來到所謂的鬥法場，依舊是上次那個空地，可是圍觀的人群比上次還多了一些，畢竟是鬼市最後一天，很多人已經完成或者放棄了自己想要做的事兒，按規矩必須要等到鬼市結束才能出去，當然也就樂得看這個熱鬧。

我暗想，明暗組織要不要分我一些門票，賭盤提成什麼的啊，要不是我這個事兒精，他們絕對沒這麼一筆意外的收入。

鬥法場的這塊空地很大，馮衛站在大概離我一百米遠的地方，依舊是一身黑袍，背著雙手一副高人的風範，直到一個黑衣人宣布鬥法開始，他依舊沒有搶先出手。

畢竟他臉皮再厚，也不能厚到這種程度，對一個小輩搶先出手。

但我卻管不了那麼多了，這一次我確定是要用中茅之術，而中茅之術施術時間頗長，而且在這之前，我還要使用一個祕術，你保持你的高人風範，而我下一刻就閉上眼睛，掐了一個特殊的手訣。

這是我們老李一脈，施術特別短的一個祕術，能夠在瞬間燃燒你的靈魂力和功力，讓你施展術法的威力特別大，但我曾經說過只要是祕術就有一定的代價，施展這個術法之後，我的靈魂會在十天內都陷入一種虛弱的狀態。

這個可以解釋為，在十天內，我會從一個道士變為一個普通人，再也施展不出任何術法。

而更可怕的是，這個術法一旦施展就沒有回頭路，在你沒結束術法之前，它會一直燃燒你的靈魂力和功力，靈魂力和功力沒有了，你就需要獻祭壽元之類的東西了。

這一戰，我只能贏，不能輸，所以，這種充滿了弊端的祕術我不得不動用。

在馮衛那邊，看見我出手了，他終於也出手了，他說過只用一招，所以我根本也不指望他這一招能有多仁慈，況且邪道中人的招數，你能指望會留餘地嗎？

我這個祕術是屬於施術時間特別短的，咒語也特別短，只是在短短的半分鐘內，我的祕術就已完成，在我睜開眼睛的瞬間，我感覺整個身體就如被投進了炸彈一般，無聲的「轟鳴」一聲，然後那種屬於靈魂沸騰的奇特感覺一下子遍布在了我的全身。

當我抬頭時，我的臉出現了一種奇異的潮紅，就如同喝酒上臉了一般。

在這個時候，我感覺自己精氣神前所未有的強大，如果說以前的中茅之術，我可以發揮出師祖一成的實力，在施展祕術以後，我有把握能發揮師祖三成的實力。

而在施展中茅之術以前，我看了一眼馮衛那邊的情況，他已經出招了，在普通人看來，他就是劃破了左手的大拇指，然後伸出手一臉痛苦地站在那裡，但我在鬥法天眼開這種情況下，看見的就完全不是那麼回事兒！

在天眼下，我看見在馮衛的左手上分明纏繞著一個蛇形的魔頭，在啃噬馮衛的靈魂力和血氣！

這馮衛果然陰毒，他說只出一招，而且這場戰鬥我勝利的條件就是能傷到他就行了，但他根本就不是什麼大度大方，他用魔頭這種東西，我不滅魔頭，根本就傷不了他。

是的，魔頭不會傷及我的性命，但魔頭可以生生地把我變成瘋子或者白癡！這是一種比厲鬼還可怕的東西。

何謂魔頭？這是正道道士絕對不會飼養的東西，因為反噬力驚人，使用的代價也非常大，或是需要吞噬你的靈魂力，或是需要吞噬你的精血，更甚者是要吞噬你的生命力……

在平日裡，你也不能輕鬆了，要時時刻刻用你的血氣供養。

魔頭的種類千奇百怪，形成也各有不同，最一般的情況，就是弄到各種充滿負面情緒的殘缺靈體，相互吞噬而成！

純粹的魔頭很少，很多魔頭就是一種負面情緒的集中體，而且飽含最是汙穢的陰氣，試想這樣的東西對於人的影響是多麼的大？

這種東西是害人陰人，甚至無聲無息弄死人的最好助力，只有真正的小鬼可以超越它！

但真正的小鬼代價太大，中間有一道祕術，就是馮衛這種功力的人來施展，也不見得能成功，所以小鬼是極其稀少的，要是今天馮衛放出來的不是一個魔頭，而是一個小鬼，那我少不得要祭上壽元了。

只是看了那麼一眼，我就閉上了眼睛，應對之策已經浮現在心底，畢竟魔頭的祭祀是需要一點兒時間的，我不能判斷馮衛的魔頭是哪一種魔頭，但絕對不是那種威力很小，只是纏上你讓你倒楣一段日子的那種魔頭！

厲害的魔頭，可以瞬間就讓你的心靈和大腦被負面情緒充滿，然後陷入瘋狂，而且這還不算，它還會趁機吞噬你的靈魂力和生命力諸如此類的。

那就是最高等的魔頭了，但馮衛這個蛇形魔頭的主靈應該是動物靈體，遠遠還達不到最高級的魔頭。

馮衛還在以身飼魔，這確實是對付我最有把握的一招，而我此刻從隨身的背包裡摸出了一張藍色的破邪符放置在了胸口，魔頭說到底只是一股邪氣的集合，用破邪符當然是有效果的。

只不過，馮衛看我的動作，一絲冷笑掛在了臉上，彷彿我用破邪符來保護自己、對付魔頭只是一個笑話。

他哪裡知道，我只是要拖延時間罷了。

下一刻，我再也不管馮衛的一切行動，再一次閉上眼睛，陷入了深度的存思，開始施展中茅之術，無論如何這中茅之術的施術時間是很長的，術成我才有贏的把握！

一切都分外順利，隱隱的，我又感應到了那股熟悉的力量，這一次我燃燒了靈魂力和功力，就連中茅之術的施術時間都變得短了些許，但願這一次在我靈魂力的支持下，能夠超常地發揮出師祖的實力。

在存思的世界裡，一切都是絕對安靜的，但在我耳邊分明聽見人群中已經響起了震天的喧嘩聲和噓聲，我無法去傾聽他們到底在喧嘩些什麼，但我能感覺到我的周圍一下子陰冷了起來，與此同時，一個怪異的「咕咕咕」的聲音開始在場地中響起……

第六十三章　驚天一斬

不用說，那個聲音絕對是魔頭發出來的，我保持著自己的狀態不受干擾，全身心地繼續著中茅之術，而在下一刻，在震耳欲聾的驚呼聲中，一股冰冷陰暗的氣場猛地撞到了我的身上。

只是一瞬間，我的身體就如墜冰窖，各種焦躁、仇恨、說不上來的負面情緒瞬間就快在我心裡爆炸，此刻我正是在中茅之術關鍵的地方，那就是接引力量入體，這樣的遭遇差點讓我的術法中斷。

但幸運的是我在施展中茅之術前，特意觀察了一下馮衛施術的情況，提前做了一些準備，在胸口放上了一張破邪符，在魔頭侵擾我的時候，破邪符也發揮了作用，我感覺胸口始終有一股清涼的氣場，保衛著我的神智不會被動搖。

這個時候急躁不得，雖然我知道一張藍色的破邪符也支撐不了多久的時間，那個清涼的氣場已經有些搖搖欲墜，但我還是保持著十二分精力的集中，讓那股力量慢慢地充斥我的身體。

如果急躁了，一股腦地任由那股力量貫穿身體，是要傷及靈魂本質的。

「纏，纏到他認輸為止！」終於，馮衛囂張的聲音傳入了我的耳朵，因為此時那張藍色的破邪符終於失去了效果，我感覺到那股清涼的、護住身體的氣場已經破碎。

馮衛是何等人物，當然也通過和他性命相連的魔頭感覺到了這一點，所以他開口吼出了這句囂張的話語，就是要提醒我認輸，另外，魔頭本就是一種負面情緒的氣場集合，這種話就好比一個導火線，想徹底地讓我神智瘋狂起來，直至崩潰。

在那一瞬間，我的確是瘋狂了，我睜開眼睛看到的第一個場景就是，那個蛇形的魔頭從我腳底而上，纏繞著我的身體，一直到胸口的位置，而魔頭那特有的充滿了邪惡意味的一雙眼睛正盯著我。

在那個時候，我有一種提刀殺了馮衛的衝動，越是想克制越是克制不住，越來越想把這個念頭變成真的行動。

就在我的意志要完全崩潰的時候，一股中正圓和的靈魂力瞬間布滿了我的身體，而我自己本身的靈魂被擠到了靈台，是的，在藍色破邪符破碎的時候，我的中茅之術已完成了。

只是力量有個一兩秒的適應期，而那魔頭果真厲害，只是這一兩秒，就差點讓我崩潰！

我被擠到靈台的靈魂在瞬間就清醒了過來，有一些暗暗的後怕。

「哼！」一聲不大的聲音響起，是我的身體發出的，但這時候已經不是我了，而是我的師祖。

我不知道施展了祕術加持的中茅之術到底會強大到什麼地步，只是在下一刻，讓我震驚的事情就發生了，我的身體竟然發出了一種強烈的正氣氣場，生生地彈開了魔頭。

氣場外放？彈開幾乎凝結為實質的魔頭？這是何等的功力！

場中的人安靜了，馮衛的臉色也變了，他一時搞不清楚，我到底做了什麼，而那個我怎麼可能給馮衛解釋，只是說道：「這世間到底是如何邪惡之人，才會飼養魔頭這種純粹的骯髒之物，看來今天少不得要除魔衛道了。」

這句話一落下，在場所有的人更是摸不著頭腦，我何以會用這種口氣說話，而馮衛則直接吼道：「陳承一，你在搞什麼鬼，虛張聲勢嗎？」

說話間，他掐起了一個手訣，那個被我氣場彈開的魔頭怪叫著又朝我撲來。

他驅使魔頭原本就在一招的範圍內，根本算不得違規，除非他放出新的魔頭，或者施展別的術法，我躲在靈台看見魔頭飛舞而來，暗想這可能有點兒難以對付，畢竟魔頭這種東西是最難消滅的一種東西，如果馮衛靠魔頭纏住我，我中茅之術時間一結束……

但事實根本不是我想的那樣，我太低估我的師祖了，望著飛撲而來的魔頭，師祖反手從我的布包裡摸出了桃木劍，桃木劍的劍刃劃過我的中指，一滴鮮紅的中指血流到了桃木劍上，然後被塗抹在了劍刃下。

下一刻，老李一手持劍，一手掐了一個劍指，同時飛快地念了幾句咒語，就在魔頭快要撲到我身上的時候，老李大喝了一聲「斬」，這桃木劍就帶著不可阻擋的威勢斬向了魔頭……

令人驚奇的事情發生，人稱最難纏、最難被消滅的魔頭竟然在一斬之下，就被徹底消滅了，原本與魔頭心神相連的馮衛「噗」的一聲吐出了一口鮮血。

這就跟一場鬧劇似的，人們原以為會是龍爭虎鬥，就如和林辰打那場一樣曲折的爭鬥，竟然這麼簡單，就是一斬，就斬滅了魔頭，就已經傷了馮衛。

到這個時候，我才真正的理解了什麼叫做高手過招，只是瞬間的事情。

原本的中茅之術，我在靈台對施術的所有概念是一無所知的，可這一次，我分明得到了一些資訊，剛才那看似簡單的一斬，其實是凝聚了全身的陽氣，加持在了桃木劍上，然後咒語配合功力加持其上，才形成了那驚天的一斬。

如果是我這種菜鳥來施展，什麼凝聚陽氣啊，加持功力啊，就要囉囉嗦嗦地準備半天，而我師祖做這一切，只是一念而已，幾乎是心到術到。

「馮衛，你輸了。」在馮衛吐出一口鮮血過後，場外作為裁判的黑衣人忽然大聲宣布道。

這一場決鬥畢竟和生死戰不同，只要一方不認輸，戰鬥就可以持續到一方身死為止，按照契約上的說明，戰鬥到了如此地步，馮衛確實是輸了。

馮衛瘋狂地大笑，然後抹乾了嘴角的血跡，對我喊道：「小子，我太小看你了，竟然自己給設置了一個一招的套子鑽了進去，但我勸你冤家宜解不宜結，這個名額你在拿的時候最好考慮一下，是不是燙手。」

這根本就是赤裸裸地在威脅我，我用靈魂獻祭，動用中茅之術，藉由師祖使出驚天一斬，你一句話就想要賴，不給名額？怕是沒有那麼便宜的好事兒吧。

我沒有回答馮衛，先是收了中茅之術，接著收了祕術，忍著從靈魂深處傳來的虛弱對馮衛說道：「是的，冤家宜解不宜結，可是也要看那個冤家是誰！你太小看我，而我是太看得起你，你根本不配讓我施展這個術法，真是太高看你了。所以，我高看的人我根本不在乎他會不會成為我的冤家，你想賴掉名額沒有可能！」

我的話剛落音，場外響起了一片噓聲，顯然是針對馮衛的，他的為人確實不要臉到了極致。

馮衛哼了一聲，對我說道：「好吧，我是勸過你了，你一定要拿這個名額，就拿去吧。但你別怪我沒提醒你，以後小心自己的小命。」

「不勞你操心。」我淡然地說道。

這是一場奇怪的決鬥，遠遠沒有人們想像得那麼精彩，甚至很多人根本就沒反應過來到底發生什麼，我就能莫名其妙地斬滅魔頭。

但是你不能否認圈子裡高人是很多的，還是有很多人判斷出來，我可能施展了請神術或者茅術這種對靈覺要求到幾乎苛刻的大術，所以實力得以瞬間提升。

顧朝聞就是其中一個人，在這天鬥法結束以後的晚上，顧朝聞竟然找到了我們宿舍。

他見我面說的第一句話竟然是：「小傢伙，我勸你還是別要馮衛那個名額，那一場鬼市也不見得是你能夠涉足交易的，又何必把自己的安危壓上去？」

第六十四章　怪異的祕市

面對顧朝聞的到來，原本我們就夠驚奇了，何況他竟然還開口給我說這個。

一時之間，我不知道怎麼回答顧朝聞，第一，我和他不熟，我弄不清楚他的來意。第二，他幫過我，我要開口直接生硬地拒絕他，我覺得不好意思。

他倒也不介意，很是直接地在我床上坐下了，我看見他的手劃過我的床單，床單上直接就是一個灰撲撲的巴掌印，這老頭兒到底是有多不愛乾淨？

好在我不是有潔癖的承心哥，否則一定會抓狂。

我和承心哥面對顧老頭兒的到來和問題有些沉默，反倒是沈星甜甜地叫了一句：「顧爺爺。」

顧老頭兒笑呵呵地答應了沈星，然後對我和承心哥說道：「你們以為我是擔心你們兩小子嗎？我擔心的是沈星這丫頭，她和你們是一起的，馮衛是看在眼裡的。馮衛是一個睚眥必報的小人，你們也不用去懷疑他的能力，你們懂我的意思嗎？為了一個對你們作用不大的名額，得罪他其實沒意思。」

其實我懂，顧老頭兒藉著關心沈星之名，是在提醒我們，得罪了馮衛以後的日子怕是有些難過，以顧老頭兒的地位又怎麼可能不知道我師門的變故？我們其實是沒有人照應的小輩，他怕我們因此得罪馮衛，莫名其妙地死掉就冤枉了。

可我要怎麼回答他？和那骷髏官兒交談之後，我更不可能說出昆侖一事了，這個名額也對我們重要無比，反倒是這時，沈星對顧老頭兒說道：「顧爺爺我才不怕呢，你別藉著我的名頭去提醒他們倆，想那馮衛也不會對我怎麼樣的，看他們自己的選擇啊。」

沈星這丫頭直接就把問題給捅到了檯面上，我也懶得逃避了，乾脆一咬牙直接對顧老頭兒說道：「顧爺爺，名額我真的放棄不了，況且馮衛擺明了看上我的東西，就算我躲過一次，也難保還能躲過第二次，乾脆就這樣吧。」

我這樣說，無疑是把我們這一脈擺在了一個很危險的位置，日後，很有可能就是我們五個抗拒一個組織，但是又怕什麼？老李一脈對欺負上門的人從來沒有退讓的道理，師傅他們那時不也是自己成長起來的嗎？

面對我的回答，承心哥微微一笑，顯然他是贊同我的做法的，倒是顧老頭兒深深地看了我一眼，說道：「小傢伙，今天下午決鬥之時，你用的是茅術還是請神術？」

「茅術。」我回答道。

「天賦不錯，靈覺強大！但我希望你不要因此就覺得自己天下無敵，既然你堅持要去那鬼市，我也沒辦法，該勸慰的我已經勸慰了，在鬼市我尚能照應你，日後希望你自己小心。」說著顧老頭兒就已經站起來，準備離去了。

我對這個老頭兒的印象不錯，見他要離去，還是很禮貌地送他，走到門口時，顧老頭兒對我說了一句話：「小子，我還能做的就是提醒你一句，馮衛這人雖說是個小人，但是驕傲張狂得可怕，加上他覬覦你的東西，一開始對付你可能不會假手於人。你如果能在這個時間內，徹底地解決這個麻煩，倒也是一個辦法。我們正道修者，雖說心懷大義，但不代表是心軟之人，難不成斬妖除魔時也要去心軟嗎？你小子就是太過心軟。」

說完，顧老頭兒就走了，我明白他的意思，畢竟我和林辰的鬥法他也是看在眼裡的，他是在數落我太心軟，往往把自己陷入了一個被動的境地。

他在提醒我，面對馮衛，絕對要果斷地解決事情。

顧老頭兒的到來只是一個小插曲，我們對此並沒有過多的議論，在今天晚上十二點還有一場鬼市，但也在今天晚上十二點，大門就會打開讓人離去了。

十一點多一些的時候，很多人就已經收拾好行李在等待大門打開了，參加一次鬼市的費用不菲，只有極少的人才會三次都參加，所以選擇在這個時候離開的人不少。

十二點多一些，原本還很熱鬧的營地，不到十分鐘就變得有些冷清了，該走的已經走了，剩下的就去參加最後一場鬼市了，剩下疏疏落落的幾個人，彷佛前幾天的熱鬧就跟做夢似的。

我無聊地站在門口四處打望，心裡盤算著這凌晨兩點的最後一場鬼市，馮衛輸給了我一個名額，但自始至終沒有人來告訴我這最後一場鬼市該如何參加，難不成是要走到普通鬼市那裡去嗎？

就在我在想著這個的時候，我遠遠地看見一個黑衣人朝我走來，莫非就是來找我的？

果不其然，他走到我面前就停下來，帶著客套而禮貌的語氣問道：「陳承一先生，您得到了一個祕市的名額，請問是您親自去參加，還是……？」

「我親自去參加。」我打斷了他的話，這是我們早就商量好的結果，最好這些事都一個人出面，怕的就是有心人發現，我們老李一脈都在打聽昆侖。

「那好，那請您現在就和我走吧。」那黑衣人禮貌地說道。

我有些詫異，凌晨兩點召開的鬼市，現在就出發？但是我也沒有多問，讓那黑衣人稍等，進屋去和承心哥、沈星打了一個招呼後，就同黑衣人一起出發了。

一路上，我和那黑衣人都很沉默，他只管帶路，我就只管跟著，我曾經說過這個山谷就像一顆淚滴型，鬼市就在比較深入的地方，而這個黑衣人卻帶著我一直在山谷的邊緣走。

這樣走無疑是最耗費時間的一種走法，可是我不好多問，一直這樣沉默地走了一個多小時以後，那黑衣人跟我說：「到了。」

這就到了？我心生疑惑，這裡根本就沒有任何人為建築物，靠著一面山坡，到處都是黑沉沉的，他怎麼就跟我說到了呢？

我沒急著發問，只是四處觀察著，可是那黑衣人卻拿出了在當時算是很先進的對講機設備，說了一句：「出來接客人。」然後就對我說了一句：「我沒權力一直留在這兒，祝您交易順利。」

說完，就轉身離去了，我也沒有多問什麼，從他拿對講機我就知道了，這所謂的祕密鬼市一定就隱藏在這附近，只是這句出來接客人，讓我一頭的冷汗，不知道的，還以為我被拉來「逛窯子」了呢。

就這樣原地等待了不到三分鐘的樣子，我聽見山坡那邊傳來了窸窸窣窣的聲音，待我回頭看時，不知道什麼時候，從哪裡又竄出來一個黑衣人。

這也是一個話不多的傢伙，找到我之後，帶著我直接就朝山坡上爬去，我跟在他的背後，一直到走進了一個山洞的入口，我才終於知道了這祕密鬼市在哪裡！

原來這祕密鬼市就在一個天然的山洞中，在夜色下不大的洞口掛了一大塊黑布，加上洞口還有植物做掩飾，要發現還真的不容易。

黑衣人帶著手電筒走在前方，我跟在後方，這個洞沒有任何的歪歪繞繞，就是一條直路，走了不到兩分鐘，那黑衣人對我說道：「客人，到了。」然後就轉身退守到洞口了。

而他帶我來的地方，應該是這個山洞面積最大的地方了，加上一些人工的開鑿，就像一個小型會場似的。

這一切原本平淡無奇，可是我看見眼前的場景，卻忍不住強烈地懷疑自己來錯了地方！為什麼？因為這裡並沒有任何是要交易的樣子，有的只是一張張簡陋的床，或者說就是一張席地而鋪的席子，很多床上現在都或躺或坐了人，不知道的還以為到了一個超大的集體宿舍。

這號稱最神祕的鬼市到底在搞什麼名堂？我心生疑惑，往前走了一步，卻立即感覺到了一股異常強烈的陣法波動，強烈到我都有些恍惚，我是不是還在人間。

第六十五章　震撼的祕市

我對這個鬼市是完全茫然的，而那強烈的陣法波動更是「嚇」到了我，一時間我覺得自己有點兒站也不是，坐也不是，不知道自己要做什麼，是不是也像那些人一樣，找個床去坐著。

可沒人理會我的茫然，也就在這時候，一個面容清俊的中年人朝著我走了過來，問道：「你是陳承一吧？」

「我是，你是……？」我可不記得有這麼一個熟人。

「顧朝聞是我師叔，特別指明要我在這個鬼市照應你一下，我叫谷心道，你若不介意叫我一聲心道兄即可。」那清俊的中年人笑著對我解釋道。

沒想到那顧老頭兒還真的挺照顧我的，當下我也不再推辭，雙手抱拳叫了一聲：「心道兄。」

谷心道微微一笑，算是應著了，然後低聲說了一句：「跟我來。」

我跟在谷心道的背後，走入了這個全是床的大廳，一路上我都小心翼翼，因為我敏感地察覺到了，能在這裡待著的都是功力高強的人，至少不是我可以比擬的。

而在這一路上，不時有人對著我投來目光，有的挺平和，有的卻極不友好，但是我本著低調的原則，只是低著頭跟著谷心道走。

一直到谷心道找到了兩張相鄰的空床，才停下了腳步，然後我們兩個各自在床上坐下，谷心道才小聲對我解釋道：「我在你旁邊，你到時候跟著我，我也好照應一二。」

對這個鬼市我充滿了疑問，這時坐下以後，我才小聲地問道：「心道兄，你能不能詳細地和我說說這個鬼市，我是真的一無所知啊，而且在入門的時候，我感覺到了強烈的陣法波動，就光那種波動都讓我心驚膽顫，那個……」

谷心道沒讓我問完，就直接打斷了我，小聲說道：「這個陣法的事情你不要多問，這鬼市自古有之，這陣法就一代一代傳承下來了，關於這陣法的傳說很多，但最多的一個說法就是這陣法是神仙給的。」

「啊？」我不由自主地啊了一聲，說真的，就算我相信有昆侖，認為那是一個神祕的傳道的地方，但我非常倔強地不相信有神仙，就算請神術我一直以來的理解都是請來了靈魂力強大的存在，至於上茅之術，扯淡吧，誰見過那玩意兒？

彷彿是預料到了我的反應，谷心道很是平靜地說道：「你這樣也正常，畢竟你我都是修者，見識也算廣博，就沒有聽說過誰真的見到了真仙，或者見到的人也不會告訴我們吧。總之，這個陣法無須再議，一直都掌握在一個極為神祕的中立組織手上，這個組織就是每年的鬼市承辦組織，明面上則是正邪兩道的大組織分別輪流承辦。不管他們怎麼辦，那個神祕組織會抽三成費用，當做這個陣法的費用。」

這倒真的是一段祕聞，可惜與我所求的事情關係不大，我也就當聽著有趣了，其餘倒是不怎麼在意。

至於這個鬼市，谷心道就給我說了兩句話：「你要問這個鬼市是怎麼回事兒，我也講不清楚，但有兩句話我必須要和你說，第一，你若做不到魂魄離體，這個鬼市參加了也無意義。第二，這個鬼市之所以限制那麼高，是因為在這個鬼市的交易之鬼，幾乎全是我道家的先輩，叫它們鬼修更合適。」

什麼，這個鬼市存在的全是道家的先輩？那這個鬼市存在的意義的確不一樣了，絕對夠得上稱之為祕市，但是我有些搞不懂為什麼參加個鬼市要魂魄離體，可我還沒來得及發問，谷心道已經打斷了我的話：「你這兩天的鬥法我也看了，我相信魂魄暫時離體這種大多數圈內人都可以做到的事兒，你肯定沒有問題的。」

「是沒有問題，但……」可惜我的話還沒有說話，就有一個黑衣人走到了前方，和別的黑衣人不同，這個黑衣人是連臉都遮住了，他一上臺所有人都默契地保持了安靜。

谷心道也是如此，弄得我也不好繼續發問了。

那個黑衣人一上前，沒有任何廢話，直接就用一個無比蒼老的聲音說道：「祕室還有十分鐘就正式召開了，我說完話後，陣法就會啟動，你們也各自準備吧。」

說完這一句話以後，那黑衣人喊了一聲滅燈，然後整個山洞就陷入了一片黑暗，接著我感覺到了比先前強烈十倍的陣法波動，那種波動讓我有一種怪異的感覺，我形容不出來，就彷彿自己是沉到了水裡，看見的一切都是折射的現象似的。

就在我沉迷於這種感覺的時候，我身邊響起了谷心道小聲的話語：「快點存思，讓魂魄離體，只有十分鐘準備時間，等一下山門關了，那你就白來了。」

山門？什麼山門？我根本就一無所知，但我知道谷心道不會無的放矢，於是趕緊默念了一段靜心的口訣，片刻就陷入了存思的狀態。

之所以說圈內人大多能做到魂魄離體，很大一個原因就是圈內人已經習慣了深度地存思，而這魂魄離體很大一部分跟存思是有關係的，是一種大腦對身體、對靈魂奇妙的掌控，沒經歷過的人很難去體會那種感覺。

不到十分鐘，我就已經做到了魂魄離體，我有些可惜，這準備的時間太過倉促，讓我綁一個繩結給身體也好啊，總覺得魂魄離體了，我不太放心。

「陳承一，不必擔心你身體的事情，這個祕市是那個神祕組織直接監管的，不會允許出任何差錯。」聲音是谷心道的，忽然這樣靈魂狀態的交流讓我嚇了一大跳。

畢竟和人說話不同，一旦脫離了肉身，那種交流是心靈上的，我還需要一點兒時間適應。

「原來是心道兄，嚇我一跳呢。心道兄，據我所知，這魂魄可不能離體太久，或是太遠，這樣交易我總有些擔心啊。」是啊，只有體驗過靈體狀態，才知道有一具肉身的好處，我發問的時候，看見這個山洞中幾乎大部分人已經完成了魂魄離體。

我身為一個道士，暫時脫離了自己的肉身，就感覺卸下了自己最強有力的盔甲一般，讓人是如此的不適應。

「不會離開太久，也不會離開太遠吧？說不定等我們醒來時，也不過才過去幾分鐘，這裡的祕市從來就沒有召開超過十分鐘的。」谷心道用一種很奇怪的、不確定的語氣給我說道。

這弄得我又震驚了，還待再問，卻看見谷心道用一種狂熱的、炙熱的眼光看著山洞的前方，喃喃地說道：「快來了，快來了……」

「什麼快來了？」我下意識地問了一句，但目光卻轉向了和谷心道一個方向，在那個方向具體根本就沒發生什麼，如果說特別的話，就感覺有人在那裡弄了一層水幕，讓我看著那邊有些扭曲和不真切。

這不是這個陣法一開始運行時，我的感覺嗎？

可偏偏在這個時候，谷心道卻回答了我一句話：「那是我一生中唯一認為是奇蹟的存在，是我一生中道心不移的最大動力。」

這麼誇張？我不知道說什麼了，只能和谷心道一同盯著山洞的前方，這個時候山洞的前方莫名地湧來了大量的霧氣，那霧氣來得太快，瞬間就布滿了整個山洞，把這個山洞搞得就跟仙境洞府似的。

也就在這時，一個隱約的輪廓初現了，我一下子呆立當場，我才知道谷心道的話一點都不誇張。

而我的思緒瞬間就回到了九年前，我和師傅在天津鬼市的那個夜晚，師傅曾經這樣說道：「其實對於鬼市的理解有很多，在古時候，人們常常看見所謂的鬼市，在明面上給出的解釋是『海市蜃樓』，我想海市蜃樓是有的，但事實上是否如此，還有待商榷。」

「師傅，為什麼有待商榷啊？你的看法是啥？」

「我的看法？呵呵，也許是空間交錯吧。」

空間交錯?師傅，你是否早就已經有了肯定的答案，也見識過了這裡的鬼市，才會對我有此一說。

此時，我整個人根本就沒辦法從震撼中回過神來!

第六十六章 入山門

我此時看見了什麼？我不敢確定自己所看見的，因為我不知道一個如此清晰的山門是如何冒出來的，至於山門後的東西被迷霧籠罩著，我根本看不清楚。

所以，我只能聯想到海市蜃樓，卻又想到師傅跟我說的話，海市蜃樓未必是真的海市蜃樓。

我在震驚中沒有辦法和任何人交流，我也理解了為什麼谷心道會告訴我這是他一生所見的唯一奇蹟！

「承一，承一。」谷心道的聲音不斷地回蕩在我的意識當中，我這才清醒過來。

畢竟是靈魂狀態，彼此之間根本沒辦法觸碰，他只得不停地叫我，我回過神來說道：「不好意思，心道兄，接二連三的鬥法讓我的靈魂力有些虛弱，也不知道是不是這樣就讓反應變慢了。」

「呵呵，無妨，這個怕不是關鍵，關鍵的原因是你也覺得很震撼吧。我第一次也是如此啊。」谷心道倒是看出來了，我其實是在掩飾尷尬的情緒。

我不好意思地笑笑，谷心道卻對我說道：「山門已現，咱們快進去吧，這個陣法維持的山門並不穩定，如果不抓緊時間進去，咱們這一趟就白來了。」

這時，我才注意到，那些飄浮的人影都按照一定的秩序進入了山門，當下我也不再囉嗦，懷著巨大的好奇心和谷心道一起進入了山門。

我不知道怎麼去形容進入所謂的山門的感覺，我只是覺得在靠近那座山門時，感覺那座山門很是巍峨、很是龐大的樣子，在山門上掛著一個牌匾，也不知道是誰在上面龍飛鳳舞地寫著四個對普通人來說很生僻的小篆文。

我自小跟隨師傅學習過不少古文字，這小篆文說實在的，對我來說不算什麼難以辨認的字，所以我一眼就認出來了，那四個字的意思——容身之所。

這讓我莫名其妙，小篆的歷史已經很古老，這個山門看起來也是很古老的樣式，按說上面的牌匾所寫之字應該是古樸的山門名字，就比如這個山門總會讓我聯繫起中國神話傳說裡的南天門。

但寫個容身之所是什麼意思呢？

可是容不得我多想，在谷心道的催促下，我只能同他一起邁入了山門，我說過我無法形容跨過山門的感覺，要簡單地說，就好似陷入了一汪水中，整個視覺、整個意識都變得模糊一片。

特別是在這一個過程中，根本就沒有時間的概念，你彷彿陷入一種清醒的沉睡，或是昏迷中，似乎是一瞬間，似乎又是永恆。

我以為這樣的感覺根本就沒有結束的一刻，沒想到清醒就像瞬間的事情，當我整個完全清醒的時候，我甚至反應不過來怎麼回事兒，一股子巨大的生活氣息就朝我撲面而來。

我瞪大了眼睛，簡直不知道身處在什麼地方、何種時代——我看見了青磚紅瓦，祥和古鎮，一條乾淨的青石街道就在我的腳下。

這是古時的江南嗎？我發現這裡的天空青濛濛的，像隨時就會飄下一場濛濛的細雨。

但事實上這絕對不是江南，也不是任何我熟悉的歷史朝代，雖然我說不上對歷史多麼的精通，可我至少還能對華夏曾有過的歷史朝代那些很有特點的服飾穿著有認知。

我不能想像，在這麼一條街道中，有穿著唐朝服飾的人，有穿著明朝服飾的人，甚至還有穿著民國服飾的人，他們是如此和諧地交融在一起，在這條街道上隨意漫步，神態平和，甚至根本無視我這個外來之客。

雖然此時的我靈魂力已經在虛弱的狀態，但靈覺是一種虛無縹緲的感覺，它總是在的，我只是瞬間就非常敏感地感覺到這些在街上游走的人們，個個都靈魂力不俗！

這讓我忽然想起谷心道對我說的，在這裡的「人」都是我道家之人的靈魂！所以，他們有如此出色的靈魂力是意料之中的事情。

站在這條古樸的街道上，我不知道我要做什麼，甚至不知道該往哪兒走，這裡根本就沒有所謂的商鋪什麼的，街道的兩旁只是類似民居的建築物，而街道上遊走的「人們」又根本無視於我。

「承一，這裡就是鬼市，真正的鬼市！其餘的不過是簡單的人鬼交易，算不得是鬼市，不是真正圈內的核心人根本就不會想到真正鬼市或許根本就不在這世間，只有一些古文獻才有模糊的記載，卻被解讀為海市蜃樓，這倒是挺無奈的。」谷心道不知道什麼時候出現在了我的旁邊，看來他還比我晚進入一些時間。

關於這個，師傅早在很多年前就和我討論過，在這裡我並不想討論這個話題，因為人們總是覺得眼見為實，但從來沒有考慮過自己雙眼的局限性，而在自己認知範圍以內的事兒，就算眼見了，能當做是幻覺的，就當做是幻覺。

不能當做是幻覺的，就去強行用科學來解釋，即使這個科學解釋缺乏足夠的論據，大多的論據都只是猜測！

真正科學能證實的事情，必須能通過科學的手段應用或者再現，有誰能在他們所謂的條件充分下，重現古文獻中記載的海市蜃樓嗎？要知道那些海市蜃樓可不是出現在沙漠或者海上，有時甚至是出現在人煙稠密的地方。

而能「看見」的人應該是靈覺出色的人，這是我的一個猜測。

甚至我猜測，一些海市蜃樓根本不是鬼市，或者是……我不敢想像或者是什麼，我承認我的認知也是有限的。

由於不想和谷心道討論這個話題，我就問出了自己最想問的問題：「心道兄，為什麼這裡的『人』根本就無視我們？那我們來這應該怎麼做？」

谷心道搖搖頭說道：「具體的原因我不知道，我只知道，在這個鬼市是需要撞緣的，如果在這裡，能有人和你說話，那麼就是你的緣分到了，你就可以開始你的交易，或是選擇是否交易。」

「選擇是否交易？」我有些不解，按照谷心道這個說法，那麼這個鬼市的交易是難得的，為什麼還要選擇是否交易？

面對我的問題谷心道微微一笑，說道：「是啊，在這個鬼市，如果這樣的緣分到了，你得到任何的好處，或許都不需要代價，但如果緣分未到，偏偏你又有那麼一些機緣，遇見別人和你說話，那樣給予你的好處，可能要你付出巨大的代價。」

「唔……」我有些理解谷心道話裡的意思了。

「但這個鬼市不是真的就如此交易，這裡其實很大的，在這裡有一個巨大的市場，那裡是正統交易的地方，但你也不要以為你能在這裡買到什麼東西。」谷心道熱情地為我介紹道。

我無法想像這句話背後所蘊含的意思，那代價是要有多大，所以才會讓人無法在這裡買到什麼東西。

一時間，我有些愣神，谷心道卻對我說道：「走吧，這裡其實很大的，你放眼四望，是不是看不見我們的人？」

我和谷心道也就這樣信步走在這青石街道上，正如他所說，在這裡除了我和他，的確看不見有和我們一起參加鬼市的人。

「正是因為我答應師叔要照看你，所以和你幾乎是同時跨入山門，所以我們就恰好來到了同一個地方。但參加這個鬼市的人，幾乎都有自己的祕密，在一般的情況下，是絕對不會選擇和別人共同進入鬼市的。」谷心道如此給我解釋道。

「這裡很大？這裡有多大？」映入我眼簾的是那古代江南小鎮的美景，在紅牆綠瓦間，時不時就會看見桃花杏花三兩枝，拐過一條小巷，就會看見籠罩在薄薄霧氣中的清澈流水，緩緩在佈滿了青苔的河道中流過。

這一切美得讓人窒息，卻總是有一種虛幻而不真實的感覺，可它又是真實存在的。

我很想知道，這裡到底是有多大，是多大的一座江南城？

第六十七章　撞緣

「有多大？」面對我的問題，谷心道的表情有些怪異，過了好一會兒他才說道：「這裡有多大，沒人能說得清楚，以我的資格，來到這裡只有兩次，但之前聽過一些交流，那個……」

谷心道說到這裡，好像不知道要怎麼去說，但這卻把我的好奇心給勾了起來，一連聲地催促道：「心道兄，你倒是快說啊，我這被弄得心癢癢的。」

「我先前不知道怎麼形容，不如這樣給你說幾個事實，有人跨過了山門，所在是一片連綿的山脈之上，美景就如峨眉金頂，還有古時道士開壇傳道，所講之道，意義玄之又玄，讓人不得甚解，卻又心中恍然有所領悟，所得甚大。可有人跨過了山門，所在之地竟然是一片茫茫大漠，日升日落，也蘊含著天地道蘊……還有很多事實，總之這裡是一個說不清楚的地方。」谷心道組織了很久的語言，才對我大概形容出這裡有多大。

我聽聞這些就震驚了，我個人其實因為師傅失蹤，去追尋所謂的昆侖，讓我遍尋不見，在內心是排斥所謂的空間說的，無奈的是，我偏偏還要去力證它，去追尋它。

這一個鬼市，按照谷心道的說法，有如此廣袤的空間，難道是在和我證明空間說嗎？亦或者，這裡的存在是心有多大，空間就有多大？暗含佛家的至理，唯心的世界，蘊含在沙礫中，在一葉中，它大或者小，在於你的心，世界的心，然後你才會看見什麼？

可是我不想吐露這份心事，只是對谷心道說道：「你說的那些人都在這裡發現了道之存在，可是我們在這普通的小鎮中，卻沒怎麼發現呢？」

谷心道笑著望了我一眼，說道：「你且放下交易的事情，靜下心來體會這個小鎮，未嘗也不是沒有天地之道在其中。」

修心一向是我的弱點，師傅說過那是我的性格導致牽掛羈絆太多，不果斷，也看不透，看谷心道的表情，在心道上，他比我強得不是一點半點。

我就聽他所說，暫且放下了交易，放下了昆侖，以一個旁觀者的角度，開始細細地體會這個小鎮，畢竟我是一個修者，是一個道士，我沒辦法不注重自己的道心，即使它圓滿的可能性很小。

就這樣，我信步走在這個小鎮，時而停留，時而沉思，在這裡，我看見了平凡，看見了普通，看見了繁華熱鬧，看見了青燈寂寞……

也不知道走了多久，我忽然發現，我看見了生活或者說是紅塵，當我站在旁觀者的角度去體會它時，我發現人生所有的軌跡，最終真的只是在平凡中求得內心的寧靜。

就如與父母的親情，你要孝，才會內心寧靜。

就如與妻子的感情，你要愛，才會內心寧靜。

就如與朋友的感情，你要義，才會內心寧靜。

就如與兒女的感情，你要責任，才會內心寧靜。

所有的感情融合在一起，到最終無遺憾，無內疚，它們就會變成一種寧靜的情緒，充斥在你的內心，最終超脫，因為你不再背負，你已經盡善盡美地做到，這才回歸了一個圓滿！

而你還有一種寧靜必須去做，那就是你對於整個人類的善，你不負人，你與人為善，你的內心自然是寧靜而圓滿的。

這才是紅塵練心，在感情中練歸本心的真諦，不沾因果，不負人，做好自己的每一個角色……

這樣的領悟讓我一下子呆住了，我一下子明白師傅為什麼說我感情太重，難以道心圓滿了，因為感情深重，難免就有執念和欲望，就如我對如雪，我愛她，我就會執意地想和她在一起，就算我因為一些原因，不能和她相守，那也是違背我本意的，這樣就產生了牽掛和羈絆，一顆心根本就不灑脫，何以圓滿？

我根本就不能明白，我愛她，僅此而已，也就夠了，其餘的都是形式。

我愛她，就是一種內心的寧靜，因為我的愛本就是真摯的，沒有負她也就夠了，在一起反倒是一種欲望。

在這個小鎮，我竟然有了這樣的領悟，可是領悟是一回事兒，做到對這件事情的寧靜又是一回事。

在這裡，我看到了我心的差距，是的，就是一種差距。

看見我呆呆地站在那裡，谷心道笑著問我：「可是有所悟？」

我點點頭，說道：「是的，有所悟！忽然明白莊子為何會如此坦然地面對妻子的去世，因為他內心寧靜，已經無所負，緣散，又有什麼好看不開的？他沒負她在此生，過世也不用用一個葬禮來表達自己的牽掛與執念。」

谷心道忽然問我：「那你是否做得到？」

我搖頭，說道：「我，沒那麼灑脫。所以這也就是聖人與凡人心境上的區別。」

谷心道幽幽一歎，對我說道：「走吧，我們已經快到那個市場了。」

我很震驚，說道：「這明明就是清靜小鎮，哪裡來的市場？」

「你以為呢？那些在山脈，在大漠中的人，又怎麼到的市場？這悟道的機會太珍貴，在這裡很神奇，就算邪道也有他們的道可悟，但是也就註定你只能待一小段時間。高層的核心人物來這鬼市，有時也並不是為了交易，只是為了悟道。我來過一次，知道時間差不多了，所以告訴你一聲，我們快到市場了。」谷心道頗為神祕地對我說道。

我心中疑惑，也只能隨谷心道信步走去，走不了多遠，在一條小巷的盡頭，出現了一道圓門，就像是一個普通園子的大門，但是那道門竟然和那進入的山門有著同樣的氣息。

我說不上來為什麼有這樣的感覺，但的確它就是有同樣的氣息。

我還沒來得及問什麼，谷心道已經說道：「應該就是那道門，過了那道門我們也就到市場了，看來，你我在這鬼市中皆是無緣之人，哎……」

「為什麼這樣說？」我不解。

「進入市場，交易無果，也就會自動地出了這鬼市，再無機會回到這些地方。也就是說，撞見自己緣分的機會只有在去市場前的時間裡。在市場裡就是純粹的交易了，那裡就不存在撞緣一說了，所有東西都是明碼實價。」谷心道對我如此解釋道。

我哦了一聲，心中也稍覺遺憾，只能把昆侖的消息寄託在那市場之中，畢竟這裡這麼神奇，我真的很有信心在這裡找到昆侖的消息，儘管在這裡交易之前，那骷髏官兒給我潑了N盆冷水。

這條小巷很是冷清，但偶爾也有幾個對我們不聞不理的行人，我沒有那個信心我還能撞到什麼緣分，可是就在離那道圓門還有十米不到的距離時，一個老頭子和我擦肩而過了。

同樣是不聞不理地擦肩而過，我還好奇地看了他一眼，他是我在這個小鎮裡遇見很現代的一個人了，看他的穿著打扮，應該就是我師傅那一輩的人，或許還早一些時候，畢竟還有一些民國的特徵，所以我看了他一眼。

然後我還是和谷心道朝著那扇圓門走去，可走了沒兩步，忽然我聽見一個中氣十足的聲音在我腦海（靈魂狀態）中響起：「那個小子，你站住吧。」

我心中忽然驚喜非常，這裡的人是無視我們的，谷心道說過，若有人跟你說話，那麼就是緣分到了。

我一下子回頭，發現那老頭兒就在我身後看著我，表情隱約還有些激動。

而我也激動地問道：「先生，你可是在叫我？」

「對，叫的就是你，叫別人難道你能聽見？別叫什麼先生，聽著彆扭。叫我老道即可！」那老頭兒收起了激動的神色，淡定地對我說道。

第六十八章 是他？

了。

「老道？」我在心裡默念道，這裡存在的人幾乎都是道家人，叫個老道未免也太過籠統

見我停步，谷心道心中疑惑，畢竟我與那老道說話，他自然是聽不見的，不過他見到在那裡停步的老道，心中也明白了八九分，不由得激動地對我說道：「承一，你這小子真是幸運，別人來鬼市十次八次，也不見得能夠撞緣，第一次來就能撞緣的幾乎是寥寥無幾，沒想到你真撞到了。」

我內心也是激動，不由笑得開心，也不想虛偽地掩飾，對那老道說了一句：「老道爺，你稍等，我和朋友說幾句。」

那老道脾氣倒也平和，點點頭，背著雙手，就在一旁等著。

而我對谷心道說道：「心道兄，那要勞煩你稍等我片刻了。」

谷心道倒也是個坦蕩君子，羨慕我的緣，卻也不妒忌，他對我說道：「等你恐怕是不行的。我是不知道這個鬼市是怎樣計算時間的。這樣說吧，如果我沒撞到緣分，發現去往市場的門，卻還是在此做停留，時間一到，我一樣會被踢出鬼市！我在這裡逗留是浪費時間，畢竟市

場的好東西多著呢。我想去到市場，你也就不需要我的指點了，況且你撞到了緣分，在此停留，依然不會減少你可以待在市場的時間，我就先行一步吧。」

我點點頭，說道：「也好，我就不耽誤心道兄的時間了，回頭我們出了鬼市再見。」

就這樣，我和谷心道道別，然後就朝老道走去，說道：「不知道老道爺叫住我有什麼事情？」

這也怪不得我嘴笨，我實在不知道撞到了緣分要怎麼交流，只得直來直去地詢問。

那老道走得是和我師傅完全不一樣的路線，不是什麼猥瑣流，走的也不是顧朝聞那種路線，嗯，邋遢流！

他倒是生得高大，五官看起來頗有威嚴，整個人非常的有氣勢，如果非要比較，我倒是比較傷感地想起了我那已經過世的李師叔，他就是這種氣勢的人。

面對我的問題，那老道沉吟了一會兒，說道：「跟我來吧。」

說著，他大步流星地轉身就走，而我亦步亦趨地跟在了他的身後。

就這樣，沉默地走過了大概兩條巷子，在一個幽靜的庭院前，老道推開了門，帶著我走了進去。

這個庭院興許就是這老道的住宅，裡面的環境很是清幽，他要我坐在花藤架子下的石凳上，然後他自己卻繞著我，來回走了好幾圈。

然後才微微皺眉，對我說道：「沒錯，你身上就是有我熟悉的味兒，直接說吧，你姓啥名啥，師從是誰？說不定你就是我熟悉的人。」

這話讓我想起了一件事兒，讓我來鬼市的劉師傅，他曾經對我說過的一句話，那就是我師傅的人脈。

其實除了部門的那些人，我完全沒有接觸過我師傅所謂的人脈，難道這個老道也是？看他的穿著，之前我就曾判斷，他和我師傅應該是同一時代的人。

於是，我哪兒敢怠慢，趕緊說道：「小子陳承一，師從姜立淳。」

「你說你師傅是誰？姜立淳？小姜？」那老道一下子就激動了，連聲音都大了幾分。

我不知道這中間出了什麼問題，只是單純地覺得師傅被稱做小姜是如此的有喜感，但我還是肯定地對那老道說道：「是的，我師傅就是姜立淳，我是老李一脈山字脈的弟子。」

「呵……呵……」得到我肯定的回答，那老道顯然激動了，那呵呵的聲音可不是在笑，而是因為激動，自然的在喉嚨裡發出的聲音，他來回在院子裡踱步，弄得我也緊張了起來。

過了好半天，他總算停了下來，說道：「我與小姜倒也算頗有交情，聽聞小姜在早幾年曾經來過這裡，可惜我沒有遇見過他，但是你是他徒弟，倒讓我遇見了，光衝這個我和你這小子也應該撞緣。可是，不對，不對……」

一聽他說起他認識我師傅，我的心情早就和他一樣激動了，這或許也就是我的幸運，也是老天註定要讓我找到師傅，所以才讓我在這鬼市的三天期間得到了那麼多的機緣。

可是他說不對，是什麼不對？我又有些疑惑，卻不知道該從何問起。

倒是這時，那老道自己說道：「我這樣說，你恐怕也不能理解是什麼意思！還不如從我的身份中，讓你找到一點兒線索，來回答我，為什麼你的靈魂有我熟悉的氣味。先說，一個人和一個人接觸得若是深了，總是會沾染一些別人的靈魂氣息，就如夫妻有時會越長越像，朋友之間相同的習慣也會越來越多，這就是靈魂互相影響，沾染了靈魂氣息的表現。所以，我說了我的身份以後，你小子可要給我好好地回憶一下。」

其實這個不光是他，我也好奇啊，趕緊回答道：「老道爺，那你說吧，小子自問記憶力還是好的。」

「那就好，先說我的姓名吧，如果憑著這個你想不起來什麼，我再來給你詳細說說我。」那老道好像非常在意我身上那股讓他熟悉的氣味，還如此吩咐我。

我想他沒有直接問我，也是因為小小的心計，畢竟我於他還是陌生人，他無法驗證我話的真假，萬一我為了好處，胡編亂造……如果他說他的身份，然後才讓我回答問題，這樣的機率也就小多了。

於是我很爽快地說道：「好。」

那老道彷彿對自己的姓名感覺很光榮似的，在要說起他姓名的時候，挺直了腰杆，輕咳了一聲，然後才說道：「我叫元真永，小子你可認得我？」

「什麼？」我一下子站了起來，愣愣地盯著那老道，我現在是靈魂的狀態，那形體也是虛幻的，不可能有什麼現實的身體反應，不然此刻我一定會全身顫抖！

我沒想到我能遇見他，元真永這個名字，我早就聽聞了不知道多少遍，因為有兩個人總會跟我說起他！

我的思緒幾乎是不由自主地飛到了荒村，飛到了那一個雨幕下的下午，在那紛紛揚揚的雨中，有一個男人，蒼白著一張臉，如此問我：「陳承一，我元家可是厲害？比你師傅如何？」然後就倒在了雨中。

這個男人一生的執念幾乎都是為了維護眼前這個老道人的尊嚴，他是誰？他就是元懿的爺爺，他的名字我自然無比熟悉，元懿在恢復以後老是會提起他，元希，現在的承願，也會提起他。

就是他，元真永！

面對我這樣的舉動，那老道顯然也是緊張了，他說道：「你可是想起了什麼？」

我是靈魂狀態，無法做出深呼吸這種動作，我只能努力地平靜自己的思緒，就如我要不要告訴元懿，他的爺爺在這裡之類的，過了好一會兒，我才說道：「我不用想起什麼，因為我對您太熟悉了，我師傅也是對您推崇有加！但這熟悉卻不關我師傅的事兒，是因為您的孫子元懿，現在是我的大哥，你的重孫女，元希，她現在改名元承願，是我最小的師妹。」

「你……」元老爺子一下子不淡定了，他現在是靈魂的狀態，可竟然一聽聞這個消息，連靈魂的氣勢也凌厲了幾分，一般靈魂力強大的靈魂，沒有肉身的限制，早就可以做到對氣勢收放自如，他是有多激動，才這樣不能自控啊。

我沒有說話，我同樣激動，知道這種激動需要用時間來緩和。

果然，過了一會兒之後，那元老爺子才勉強恢復了鎮定，對我說道：「懿兒，我已經和他告別了三十幾年了，我當年去世的時候，他也才十歲，或者十來歲吧，你好好跟我說說懿兒的事情吧，還有我那重孫女，我都沒有見過她。」

面對元老爺子的一番話，我心中充滿了疑惑，按說正常的靈魂都會走入輪迴，更別提道家之人！為什麼這個地方會有如此多不入輪迴的道家人？

而元老爺子既然不入輪迴，按說也會和其他的「老鬼」一樣庇護家人才是，難道他已經道心圓滿到放下世間一切親情，看得如此通透了？不是吧，不然他何以如此激動，察覺到我身上熟悉的味兒，就趕緊地叫住我？

那又是為什麼，讓他連承願的樣子都沒有見過？

壓著這些疑問，我強忍住沒問，而是一五一十地開始訴說起元懿大哥和承願的一切來，我不忍心讓一個對後輩消息如此看重的老人失望。

第六十九章 祕方

隨著我的訴說，元老頭兒的臉色一直變幻不定，當我訴說到最後的時候，他的神色已經變得頗為沉重，當我說完一切的是是非非之後，元老頭兒沉默了。

他的沉默讓我有些不安，畢竟元希走上修者的道路是我擅自決定的，當年元懿得知的時候，倒是很淡定地說了一句這是命中註定的事兒，或者這位元老爺子不這麼認為。

在我忐忑中，這元老爺子也不知道沉默了多久，最終才歎息了一聲，說道：「懿兒當有此一劫，希兒也當走上修者這條路，否則她怎會甘心？我元家的人都是執念太深，就如我也是這般吶……」

元老爺子也是這般？這話讓我有些百思不得其解，所以不由自主地問了一句：「元老爺子，您這話是什麼意思啊？」

元老爺子並沒有直接回答我的問題，而是反問了我一句：「小傢伙，你知道這是什麼地方嗎？」

這是什麼地方？這個問題倒真夠怪異的，我脫口而出：「這裡還能是哪裡？這裡是鬼市啊。」

「呵呵……鬼市！哪裡有什麼鬼市，只是我們需要和在世人交易而已，才有了鬼市一說！這裡其實就如你進山門看見的四個字，只是一個——容身之所。」元老爺子這樣回答我。

「容身之所？老爺子，您這樣說，我也不懂啊，您乾脆說詳細一點兒吧。」我對這種存不存在的空間一事，是最弄不清楚的了，當然也就理解不了容身之所是什麼意思。

「這樣跟你說吧，其實這裡具體是在哪裡，是個什麼樣的存在，我來這裡不過區區幾十年，我給不了你什麼答案！我所知道的，就是這裡是很久很久以前，怕是有幾千年了吧，一個不甘之大能修者弄出來的地方，為的就是讓我們這些已為鬼的修者不那麼可憐。」元老爺子慢慢說道。

可我卻驚奇無比，為鬼的修者不那麼可憐？入了輪迴哪有什麼可憐之說，這……？

元老爺子不容我發問，繼續說道：「修者是什麼人？一個個都是逆天奪命之人，修到最後為的就是一個超脫！可是古往今來，超脫之人又有幾何？終究不過是化為一抔黃土，你認為甘心的修者能有幾個？要知道，不談別的，真正的修者一世修為，靈魂力遠比普通人強大，在身死以後，化入輪迴，一切又為空，而看透之人又有幾何？這就是我的執念啊。」

元老爺子這樣說，我一下子就領悟了，就如同一件事情你不知道真相，那也就這樣了，但你知道真相以後，你還有能力接近真相，忽然有人告訴你，好了，你就只能走到這裡，從此以後，你會忘記一切，重新再在這條路上走起，那你會怎麼樣？

元老爺子就給出了一個答案——不甘心，這世界上還有一種存在，叫鬼修！不入輪迴，在世間流連的鬼修！

沒想到，這個鬼市的本質竟然是一個鬼修的容身之所，果真就如山門上所寫——容身之所！

看到我的表情，元老爺子的臉上露出一絲頗有深意的神情，對我說道：「看來你也理解了容身之所到底是什麼意思吧？鬼修在陽世當然不易，所以有些本領的鬼修都會被接入這個容身之所。失去了肉身，對於我道家的修者來說，也就意味著修習的進度慢了不知道多少，而靈體的修行，更注重道心的圓滿……總之，跟你說這些，我已是壞了一些規矩，再詳細的背景我就不能說啦，不過，你老李一脈，個個都是灑脫，卻又極不灑脫之人，但再怎麼，就算入輪迴，也不會踏進這個地方吧。」

什麼叫個個都是灑脫，卻又極不灑脫之人啊，這個說法真讓我有些迷糊，但這個緣分既然撞上了，我一定得問出一些我想問的事情才好，不過在這之前，我得問問元老爺子有什麼要求。

這樣想著，我開口說道：「元老爺子，我來鬼市一定是有所求的，既然撞上了您，也少不得要叨擾您一下。只不過，按照規矩，我想問問您有什麼需要我辦的事兒？」

「我需要你辦的事兒？哈哈哈……」元老爺子放聲大笑，笑過之後才說道：「我需要的東西、要辦之事，都不是你這樣的小傢伙能做到的，這些年我在這裡潛心清修，若有想辦之事，我不知道直接去那鬼市嗎？但你既然和我後輩有如此深的緣分，而希兒說起來也入了你老李一脈，那我就少不得吩咐兩句了。」

「嗯，您說。」我很恭謹地聽著。

「希兒入你老李一脈，我不用擔心什麼，若有可能你只需要時時提醒她，如果在山之一脈上天賦不高，就絕對不要強求，其他幾脈也是博大精深，特別是醫字脈，也需要窮其一生去沉浸其中了！希望她是我元家執念最淺之人……唔，至於懿兒強引天雷，傷及靈魂，此番能醒來，證明沒有傷及靈魂的本質，已經是幸運中的幸運，可我知懿兒為人，必定會不甘再次潛修，可傷及靈魂，就如同傷了修行的根本，強行再修，我怕……」元老爺子擔心地說道。

此番話也說得我擔心不已，元懿大哥真的會再次強行修行？我和他一別以後，由於他孤僻的性子，少有再見，即使見面，他也表現得很正常，根本就沒有跟我提及過他會再次強修啊？但我不會懷疑元老爺子的話，如若對元懿大哥的瞭解，一定是他看得比較透。

想到這裡，我擔心地問道：「老爺子，您可是要我去規勸，或者監督元懿大哥？」

「你覺得有用嗎？」元老爺子反問道。

「這……」就算我對元懿大哥的瞭解沒有元老爺子深，我也知道，這絕對是無用的。

「哎，鬼修修靈魂，在這個神奇的容身之所，我還是新學到了不少東西，特別是關於修靈魂力、修靈覺的，這些在世間極不易修的東西，在這裡反倒是要容易些！畢竟陽世的很多東西斷了傳承，這裡的傳承還沒斷掉。具體的，你不要問我，但我可以給你一個養神的方子，你若能覓得上之良藥，倒是極有益處的，也可以讓懿兒繼續修行下去，靈魂也會慢慢恢復。」元老爺子慢慢地說道。

「什麼？」我瞪大了眼睛，誰都知道，靈魂之傷最不容易治癒，靈魂也最不容易靠藥物溫養，在這裡竟然有這樣逆天的方子？真是讓人難以想像。

「這也算我的一點兒私心，是為自己孫兒吧！當然，也當是我為老李一脈做點兒事，畢竟希兒也加入了老李一脈，對嗎？不過，你也別高興得太早，因為這世間什麼樣子，你我皆知，能不能配齊上面的藥草，也是一個未知之數。」元老爺子對我提醒道。

我心裡當然知道，不然承心哥哪裡又會為了一根參精，就甘願供一鬼物十年，我和他又怎麼會要進入東北的老林子冒險呢？

於是我沉聲說道：「老爺子，您放心，我懂得世間事，盡人力，安天命。」

「那就好，那就記下這方子吧。」元老爺子沉聲說道，然後開始給我緩緩地訴說這個藥方。

在這裡，是不可能有紙筆的，只能靠記憶力去強記一切的細節，我記憶力還算不錯，但是我不敢有絲毫大意，就算不為我自己，為了元懿大哥，我也得把這方子記仔細了。

元懿大哥強引天雷救我一命，我嘴上雖然對元老爺子說盡人事，安天命。但事實上，我何嘗又不是一個執念深重的人呢？所以，我早已暗下決心，就算拚出性命，也要湊齊這個方子。

終於，在元老爺子說了好幾次以後，我才確定我已經記好了這個方子，不會再出一絲紕漏了。

我剛想開口說點什麼，元老爺子已經開口了：「小子，這算不得我和你的交易，而且以你我的緣分，我對你自然是要多照顧一些，現在你說吧，來這裡有什麼要求？」

第七十章　老祖

來這裡有什麼要求？這話說得我還不知道怎麼回答！我根本就沒有任何的要求，我有的是一大堆問題，面對元老爺子的問話，我反倒不知道從何問起了，在嗯嗯啊啊了半天，元老爺子已經不耐煩到要抽我了，我忽然就冒出來一句：「元老爺子，您跟我說一下昆侖在哪裡吧？」

元老爺子一聽，簡直無語之極，估計這老爺子是不會說髒話，要能說髒話的話，估計會罵一句我×的，他吹鬍子瞪眼地指著我半天，才說道：「胡鬧！我要知道昆侖在哪裡，我能待在這個地方？你還能不能再扯淡一點兒。」

在靈魂狀態下我不能流冷汗，否則面對這樣的元老爺子我恐怕是冷汗一頭了。

看我這樣子，元老爺子總算是消了一點兒氣，然後說了一句讓我石破天驚的話，他說道：「其實，我也知道原因，你和小姜那傢伙恐怕都是昆侖之後吧！是我唯一能有一些把握肯定是昆侖之後的人。」

昆侖之後，這是我第二次聽見這個說法了，至於讓我石破天驚的原因，當然是元老爺子竟然猜測出來了我和我師傅是昆侖之後！

我愣在那裡，也不知道是承認的好，還是不承認的好。

這也怪不得我小人之心，如果面對的是元懿大哥，我就很乾脆地承認了，問題是我和元老爺子算什麼交情？我敢就這樣去承認嗎？畢竟昆侖之後事關重大，承認了，我們老李一脈立刻就會化身為好吃的香饃饃，而周圍是一群飢餓的人。

元老爺子好笑地看著我，說道：「昆侖之後，意味著什麼我當然知道，甚至我在世的時候就已經知道了，你小子別做出一副想承認又不敢承認的樣子，跟大便乾燥似的，一眼就讓人看出來了。」

我鬱悶，這是什麼比喻啊？大便乾燥？

可是不容我說話，元老爺子就說道：「我是什麼人，怕你師傅也給你大概說過一點兒！你師傅當年讓人眼熱的法器、各種資源是一件接著一件兒，我可有貪圖？別以為靠著國家就沒人敢動！況且，我那曾孫女還是你們老李一脈，這樣也莫名其妙被整成昆侖之後了，你不跟我承認又有何意義？」

是啊，我不承認又有何意義？且不說元懿大哥，承願那丫頭還被我拉上了賊船呢，最重要的是，師傅說過元懿大哥的爺爺是個了不起的老一輩，如果他品性很差，絕對得不到我師傅這樣的評價。

想到這裡，我心中也坦然了，乾脆承認了，甚至一股腦地說了：「老爺子，這事兒你知道容不得我不小心，我不敢認啊！其實一開始吧，我也是糊塗的，因為師傅沒有給我透露半個字！一直到他失蹤都沒有給我透露半個字！後來，我們也是無意中得到了一些線索，才判斷師傅去了昆侖，我……我對昆侖是嚮往的，但也是最近才有的嚮往，在我心中最最重要的事，是在有生之年能夠見到我師傅，哪怕是再見一次！我老實說吧，不僅是我，就是我們這一脈，都把找昆侖當成了畢生的願望，哎……這也是執念啊。」

說到最後一句的時候，我故作老成哀怨地說道。

元老爺子眉毛一揚，問道：「包括我那曾孫女？」

「那肯定是啊，小師妹每個師傅都跟過，每個都有感情，您說呢？而且現在她是我們幾個師兄妹帶著，最近跟著承真師妹在學相字脈。」我小聲地說道，因為我有不祥的預感！

「看我不抽死你這個臭小子，還帶著我曾孫女一起胡鬧，昆侖，昆侖是你們這一輩子能追尋的嗎？氣死我了。」說話間，這老爺子還真的朝我抽來，無奈我們都是靈體狀態，他根本就不可能實質性地抽到我。

只不過，他陡然釋放的靈魂力，也壓得我夠嗆，我只能舉起雙手做求饒的樣子，這老爺子脾氣還真火爆啊，看來元懿大哥小時候沒少挨抽，我心裡幸災樂禍地想到。

元老爺子也是無奈，他不可能真的把我怎麼樣，在脾氣爆發了過後，背著雙手開始來回地踱步，過了好一會兒才冷靜下來，對我說道：「罷了，你剛才說你師傅失蹤了？」

「是啊，不僅是我師傅，我們這一脈的老一輩全部失蹤了，還包括……」我趕緊給元老爺子提供線索，畢竟他知道的肯定比我多很多，不然也不可能一口就說出我是昆侖之後，而且還強調，他還在陽世的時候，就已經知道了。

在整件事情當中，有一個讓我比較迷惑的地方是師傅他們失蹤了，為什麼還要帶上那個組織的人，就是吳立宇等等，我只得知一點兒線索，那就是吳立宇的師傅好像和我師祖有淵源！

既然元老爺子在這裡，我當然不能錯過這個機會，當下也把這些情況給說了一個明白。

元老爺子聽得很認真，在聽完以後，他沉吟了很久才說道：「那個組織的歷史追溯起來也很長了，這中間還涉及到一段祕聞，我有幸知道一鱗半爪！所以，你師傅叫上那個組織的人並不奇怪。我們先拋開這個不談，聽你這麼一說，在這鬼市還有一條很大的線索，你可以去追尋，我先說這條線索，然後再告訴你我所知道的昆侖吧。」

聽聞元老爺子這麼一說，我就樂了，看來元老爺子也是一個耿直之人啊，我笑咪咪地說道：「好，好好。」

「好個屁！誰讓你拉上我曾孫女一起上賊船的？啊？老子這是被逼上梁山了，好嗎？昆侖在圈中一向是一個禁忌的話題，你知道為什麼嗎？因為那是我們最現實的一個目的地！至少它沒有得道登仙那麼虛無縹緲，而只要有一點點關於它的確切的事兒，那掀起的是一場腥風血雨！還會牽扯到這個世界的一些隱藏勢力。你個小子可真行啊，竟然敢拿到鬼市來打聽，真行！」老爺子吹鬍子瞪眼地說道。

我心裡暗自慶幸，我總共打聽了兩次昆侖，一次是那骷髏官兒，然後被我成功地敷衍了過去，而在這個所謂的容身之所，我遇見的是元老爺子，真是慶幸人長得帥，運氣都要好一點兒。

元老爺子是不知道我這個想法，估計知道了，又會被我氣到無言吧。

我也不想再惹元老爺子，趕緊賠笑說道：「元老爺子，您跟我說說所謂的線索吧。您知道，我來一次這裡不容易，這一次都是運氣好才混到了一個名額，耽誤不起。」

元老爺子哼了一聲，然後也不囉嗦，對我說道：「你以為我怎麼會知道你師傅來過這裡？是因為他來這裡，引起了一定的轟動，在這裡的鬼修們，都是被禁錮在這個地方的，付出極大的代價才能出去，出去了也就再也沒機會回來。所以，在這種環境下，轟動的消息傳得很快，也就傳到了我耳朵裡。」

我一聽愣住了，師傅，你不能啊！我那麼帥，你那麼猥瑣，為啥我來這裡波瀾不驚，你來這裡就那麼拉風，還引起轟動了呢？這些鬼修欣賞能力有問題吧？

可我絕對不敢說出這個想法，在一愣之後，趕緊做出一副老實認真的樣子，聽元老爺仔細說。

元老爺子沉吟了一會兒，才繼續說道：「現在看來，那小姜來這裡怕就是為了去昆侖做打算了，可惜那時我得到消息時，他早已經離去，我也沒往那方面想，今天，不是遇見你，我還真想不到，他當年見這裡的一個存在，竟然是因為昆侖？」

「存在，什麼存在？」我的心情一下子緊張了起來，我覺得我彷彿抓住了事情的關鍵。

「這，也就是你師傅當年來這裡引起轟動的原因！他不是撞緣，他是用祕法強行尋找，找到了這裡老祖一般的存在，然後不知道用什麼辦法，竟然和老祖做成了祕密的交易。」元老爺子用一種不敢相信的表情說道。

「什……什麼老祖？」我連話都說不清楚了。

元老爺子望了我一眼，然後說道：「我說過，這裡存在了幾千年，而我在這裡算一個很年輕很年輕的小蝦米，你說，什麼是老祖？」

第七十一章 昆侖之路

這個答案讓我震驚無比，按照華夏的歷史來說，連商朝的很多歷史都不能給予肯定的證據，元老爺子給我籠統地說了一下，這裡的存在有幾千年，我一下子就想到周朝，腦袋都暈乎乎的了。

在商周交替的年代，那是一個輝煌的年代，神話故事層出不窮，著名的封神榜……如果我不是靈體狀態站在這裡，是我真人站在這裡，我會因為心跳過快，呼吸不暢而昏倒的。

元老爺子看見我變化不斷的神情，有些詫異地問我：「小子，你想到什麼了？」

「老爺子，我……那……不是，那個老祖是周朝人？或者……？」我已經有些語無倫次了。

元老爺子咧嘴笑了，說道：「哪有那麼誇張，你師傅找的那位老祖，據流傳是西漢時期的老人物了。」

西漢？這雖然沒有我想像的誇張，但也讓我吃驚不已了，要知道在漢代，也是我道家異常興盛的年代，堂堂大漢成就了我漢人之名，也決定了我華夏人和道家密不可分的關係。

我們是漢人，是華夏人，道家才是我們華夏該有的信仰和思想。

我的心情激盪，可還沒有到完全喪失理智的地步，仔細一想，我發現了這話裡不對勁兒的地方，於是開口問道：「老爺子，為什麼說是據傳？你們都在這容身之所，為什麼……？」

「只能是據傳，你以為我們這些小蝦米能洞察這裡的祕密嗎？這裡有幾位老祖，具體什麼年代的人，我們根本不可能得知，能讓我見到一位明朝時的先人就已經很了不得了。」元老爺子嘴一撇，有些無奈地說道。

看來這個容身之所的神祕也不差於昆侖啊，我內心暗想，嘴上卻問道：「老爺子，您告訴我這一條線索，意思是讓我追隨師傅的腳步，去找到那位老祖嗎？」

「這當然是一條最容易的路子，我只是給你指明方向。但這件事情我幫不了你，我所能活動的範圍也是有限的，在這裡的許可權也是有限的。這裡的事情你可以理解為陰間事，我不能給你透露太多！你或許多來幾次，在真正的交易之地能找到機會。」元老爺子如此對我說道。

我心裡明白，見老祖一定是件了不得的大事，肯定也不是元老爺子這種存在能辦到的，否則我師傅當年見到了老祖也不會在這群道家老傢伙的圈子裡引起震盪，有些事情是急不來的。

於是，我問道：「元老爺子，我知道這件事情急不來，但您說個老祖，我也沒辦法根據這條線索去找到他，能否告知一下老祖的名字？」

元老爺子點點頭，說道：「這個自是沒有問題，老祖道號——樸元子。」

我心裡暗驚，能當一個子的，無不是極有成就的道家人啊！不過，想著我師祖我就一臉黑線，他也算極有成就了吧，但不能叫老李子啊！

打住了胡思亂想，我恭敬地問道：「老爺子，您現在可以跟我講講昆侖的事兒了吧？」

說到這個，老爺子的臉色嚴肅了起來，說道：「據我所知，昆侖應該和我們這個容身之所一樣，不是具體到這個世界的哪一個地方，而是另外一種很抽象的存在吧。或者說它在，甚至是和我們同在的，可是我們卻偏偏感覺不到它。」

我一愣，忽然想起了那個蟲人消失的一幕，想起了師傅曾經說過的空間重疊，然後就有點理解老爺子的話了。

元老爺子繼續說道：「我之所以那麼肯定，是有原因的，我可以告訴你一個祕聞，一個聽來的祕聞。」

元老爺子這句話讓我打起了精神，趕緊洗耳恭聽！

「你知道我們家算是一個道家的世家，是一代代傳承下來的！當我還是小年輕的時候，我曾經聽爺爺說起過昆侖人，也說起過這麼一件事兒，我爺爺說他認識一個昆侖人，並且知道那昆侖人畢生的願望就是重回昆侖，他差一點就成功了！他是一個很厲害的道家陣法大師，在昆侖得到的傳承也是關於陣，他利用陣法，差一點就成功了。」元老爺子一字一句地對我說道。

而我的內心一下子激動了起來，或者，我也可以利用陣法？但是別人是陣法大師，在昆侖得到過傳承，我連一些大一些複雜一些的陣法都無法完成，這差距不是一星半點。

想到這裡，我有些沮喪，而元老爺子則繼續說道：「在當時，我爺爺是想和我證明，道家的修行不是一場鏡花水月，也想跟我證明，一些神話和傳說其實是有一些事實依據的，才舉出了這個例子！他告訴我，當時那個陣法簡直已經是逆天的陣法，他有幸被叫去做一個壓陣人，所以見識到了一幕，那一幕就是利用陣法異常強烈的靈力波動，撕開了……」

說到這裡，元老爺子微微皺眉，彷彿在組織語言來形容，但苦惱於怎麼也找不出合適的語言來形容這一種場面。

我開口說道：「元老爺子，其實你不用形容了，我應該見識過那麼一幕！就像是憑空撕開了我們所在的空間，是不是？」因為，我想起了蟲人消失的那一幕，我所見的霧氣，甚至我見到了一個亭的角！

「就是這種感覺！但是又沒有什麼明確的口子，總之我爺爺說，他在那一瞬間，彷彿是極長的瞬間，又彷彿是極短的瞬間，見到了不一樣的世界，或者說他什麼也沒看見，只看見了一片片霧氣！」元老爺子肯定地對我說道。

然後我們兩個人同時沉默，是的，我們都是修者，修者的目標是什麼？我們的沉默是一種嚮往，深切的嚮往。

也不知道沉默了多久，元老爺子歎息了一聲，說道：「哎，你不知道這一件事對我的影響有多大，大到我身死也不甘心，機緣巧合之下，甘願待在了這類似於囚籠的容身之所。」

我不知道該說什麼，對於容身之所我瞭解的不算多，而我自己也在自問，如果我這一生結束了，我會選擇入輪迴，了了這一世，還是選擇這容身之所？

元老爺子說老李一脈個個灑脫，是不會選擇這樣的所在的，或者這個時候，答案也在我心中了……

可是我還是不自覺地問道：「老爺子，既然這裡像囚籠，為什麼還要選擇這裡？那個人差一點成功，那最後又怎麼樣了？」

元老爺子的神情彷彿落寞了一些，他對我說道：「這裡的事情我不能告訴你太多，我只能說，在這裡還有一點點微末的得道的希望。在這裡，走出去就是終點！我們修者的終點，只要能走出去！」

我不懂元老爺子話裡的意思，但是我感覺到了元老爺子目光裡的堅定，或者說是執念。常常都說執念不好，佛家人最是通透，最是放下執念，可我道家人是逆天而行的修，若是沒有一點兒執念去支撐，在這條苦澀的道路上，又何以繼續？

昆侖是我的執念，到此刻不只是為了師傅，也是為了我一生的結果吧？

「呵呵，看吧，我這分明是執念啊。」元老爺子自嘲一笑，然後接著對我說道：「你問我那個人的結果，我可以告訴你，在那一瞬間，也不知道是什麼原因，大陣忽然就停止了！後來，才知道，在成功的一瞬間，他死掉了，就那麼默默地死掉了，肉體尚在，盤坐在那裡！靈魂卻在瞬間灰飛煙滅了。」元老爺子歎息了一聲。

在這話背後的意思就是，那人的行為或者太過逆天了。

我追問道：「或者，他的靈魂不是飛灰湮滅了，而是……而是去到了昆侖呢？」

「這個問題我也曾經問過我爺爺，我爺爺不知道為什麼那麼肯定，對我說，沒有，就是徹底地魂飛魄散了。」元老爺子的語氣也帶著幾分惋惜。

我沉默，同時也開始擔心，昆侖之路如此不易，我師傅他們呢？能否成功？而我自己呢？又能否成功？

「其實這也正是我想告訴你的，畢竟我說過要告訴你，關於我知道的昆侖的全部線索！怎麼做？我曾經聽過一個說法，有一些頂尖的昆侖人，其實是知道怎麼回昆侖的，甚至具體地知道一些辦法，你除非是去找到那些昆侖人，或者找到那些昆侖之後。」元老爺子異常肯定地對我說道。

這個說法讓我一下子想起了我的師祖，莫非他就是知道怎麼回昆侖的昆侖人？莫非我師傅他們就是知道一點兒方法的昆侖之後？這背後到底有怎麼樣的故事？

按說，如果昆侖是我們道家人的一個目標，師傅沒有道理不告訴我昆侖的線索，為什麼他會諱莫如深，一點點都不給我提及？

我發現，就像解一個困難的謎題，我越是得知一些線索，就越發現自己什麼都不知道，謎團越牽扯越多！

這讓我又想起了那個乾枯如風乾橘子皮的劉師傅，莫非他……？

我緊鎖著眉頭，陷入了思考，元老爺子也不打斷我，那個時候的我怎麼可能會算到自己以後面對的是何種艱澀？這昆侖之路我或許要遇見更多神奇的事情！

第七十二章 夢境

關於昆侖，元老爺子就知道這麼一些資訊，如他所說，太具體的恐怕真的要找到昆侖人或者昆侖之後才能得知，在這個鬼市，儘管我和元老爺子是撞緣，但我也不能耽誤太久，所以，經過了那麼久的交談，也到了我和元老爺子告別的時候了。

面對我的告別，老爺子的臉上顯出一絲落寞，幾次張口又欲言又止。

我開口說道：「老爺子，您是有什麼想要交代給元懿大哥和承願師妹的事兒嗎？」我明白在這種恒古寂寞的地方，對兒孫的牽掛怕是會更加濃烈一些，因為見不到。

「哎……罷了……」元老爺子落寞地歎息一聲說道：「我們元家該傳承的東西都有祕密的典籍記載，我也沒有什麼好教他們的，都看各人的天分，各人的命！我原本想要見見他們，可有些事情強求不得，況且鬼市不見得是什麼好地方，希望他們一輩子也不觸碰，代價哪裡是那麼好付的？」

我沉默著沒開口，是啊，師傅不也是這樣保護我的嗎？如果不是機緣巧合，我連鬼市都沒有聽說過。

「嗯，那老爺子我就道別了，為了線索，以後我還會來鬼市，到時與您再敘。」不管心裡想什麼，但總歸到了離別之時。

「小子。」元老爺子叫住了我，我回頭，他看著我說道：「別太執著，就算你與你師傅感情再深，也別太執著！這不是值得你一輩子去追尋的事情，過得隨緣隨性一些吧。」

這是元老爺子一句委婉的提醒，就如他所說，代價哪裡是有那麼好付的？

我看著元老爺子，想點頭，卻始終沒有點頭，因為道理誰都知道，感情與心情不見得就能控制，終究我只是微微一笑，然後轉身離開了。

走過兩條小巷，那個交易之門還在那裡，我深吸了一口氣，跨入了門內。

進入這個門，彷彿又有一點兒進山門的那種感覺，但是那感覺短暫得多，當我清醒過來的時候，一股彷彿菜市場般嘈雜的聲音差點把我淹沒。

我還沒來得及打量這個市場，一個看起來妖嬈美麗，身著典型明朝服飾的婦人就已經走到了我的面前：「想要祕術？」

我搖頭。

「財富？福地？藥方？……」這婦人一連報了很多是修者都需要的東西。

這弄得我有些好奇，問道：「妳都有？」

「我沒有，我只是可以帶著你在這個地方找到你想要的東西，代價也不會太大。」那婦人一笑，那媚眼如絲的樣子，確實有些勾魂，恐怕一般的男人都拒絕不了。

我知道在這個地方的存在，幾乎都是修者，但我很少知道在修者裡，也有這麼風情萬種的女人，因為修行是寂寞的，大多修者是清淡的，我真想知道這個女人是哪兒冒出來的。

不過，擅自去打聽別人的事情，在這裡怕是行不通的，我說道：「妳說的東西，我都不想要。我只想打聽消息。」

「哦？打聽什麼消息，你倒是說來聽聽？」那婦人眼中流露出了一絲好奇，畢竟她說的東西，是修者就很難不動心，而我卻是一心只想打聽消息。

我知道這裡是一個混雜之地，在什麼都搞不清楚的狀況下，當然不會透露關於昆侖的半個字，我說道：「我想打聽打聽關於老祖的消息，或許是我心比天高吧，總是想得到最好的傳承。」

莫名其妙打聽老祖的消息顯然是引人懷疑，我總得找一個強大的理由！

我以為這婦人會應承我，卻不想她用一種看神經病的眼神看著我，然後沒好氣地說了一句：「這個我幫不了你，再見。」

說完，她就消失在人潮中，我自嘲一笑，說實話，也不知道這裡的存在們，是不是和現代人接觸久了，說話都有一股現代味兒，讓人頗難適應。

在婦人告辭以後，我終於有時間打量打量這個鬼市，看著這個鬼市，我只能想起一幅畫，那就是《清明上河圖》，是的，這鬼市的場景就真的跟那幅畫裡描繪得差不多，這裡不是純粹的市場，更像是這個容身之所的大街，在這裡做什麼的都有。

讓人不禁聯想，是不是因為這裡的存在太寂寞了，所以會把這個地方儘量弄得如人間一般，但事實上，它並不是真的人間！這個想法不能深想，一想就會覺得有些悲哀，覺得此生短暫，為人不易，卻終究鏡花水月。

我沒有想在這裡交易的心情，因為我想對這裡更多瞭解了以後，才慢慢地開始找尋自己需要的東西。

在內心，我早就下定決心，不會只來一次鬼市，既然鬼市是半年一開，我慌什麼？而且我也不能太過莽撞。再說，我能弄到一次名額，也能弄到更多次的名額，在以後，我少不了要和圈子裡的人接觸了。

信步地走在這裡，我發現很是有趣，這裡竟然也有瓜果蔬菜賣，也有各種做生意的小販，若不是有些許的現代人穿插其中，我真的以為我是不是回到了古代？

這些事情並不是什麼祕密，我隨口打聽了一下，才知道這些所謂陽世的東西，在這裡其實是價值不便宜的，是一次次的交易，那些來到這裡的陽世之人用特殊的方法上供給這裡的存在的，然後它們會拿出來交易，久而久之就形成了鬼市特有的市場。

是的，可以用特殊的方法上供的，普通人都能用供品上供，何況修者？只不過，有些東西供給陰世之人，艱難了點罷了。

而這些鬼物也不是真的要吃東西，或者說它們「食氣」，人間的各種食物不是它們的必需，可偶爾它們也會懷念那種滋味。

走在這裡，我發現了很多祕密交易的鋪子，有好些現代人就在這種鋪子裡，但具體賣些什麼，不進去恐怕是不知道的，我看見了在那些鋪子裡，有欣喜若狂的，有神情貪婪的，有可惜的，有落寞的，所謂財帛動人心，在這裡，是打動修者的東西，剝下那一層修者的外皮，其實他們和普通人又有什麼區別？

我也是一樣吧！

可我慶幸自己的克制力，在這裡行走著，我硬是沒有跨進過一間鋪子，我告訴自己，除非是有了確切的線索需要我去交易，否則我不會為外物付出一點兒代價。

我像是一個參觀者似的在這裡走著，只差拿個相機拍照，不然就真的成了一個旅行者了。

也就在我對這裡的一切看得不亦樂乎的時候，忽然我感覺自己彷彿是掉入了水中，一切開始變得模糊，我有些驚慌，還沒有弄清是怎麼回事兒時，意識就已經陷入了一片黑暗，接著我就什麼都不知道了。

最後，是一種頭疼欲裂，彷彿喝醉酒一般的疼痛把我喚醒的，當我費力地睜開眼睛醒來時，我已經是身處在山洞之中了，哪裡還在什麼鬼市！

習慣了靈體行動時，那種無拘無束的美妙感覺，再次動動自己的肉身，總覺得有些沉重，我忍著頭痛看著這一片漆黑的山洞，老是有些恍惚，我是真的去到了鬼市嗎？還是如同那個著名的傳說，只是「南柯一夢」？

我明明很清楚，我一定是去過的，可就是有一種做夢，甚至分不清楚夢幻現實的感覺。

「你醒了？」這時，身旁的一個聲音打斷了我的沉思，我抬頭一看，不是谷心道又是誰？

我點點頭，他笑著問我：「是不是有做夢的感覺？很多人都曾懷疑這個鬼市是不是真的存在？還是說有厲害的存在，讓我們集體發夢，你知道鬼物是能托夢的。但事實上，總是有人會在鬼市裡得到什麼，所以這是鬼市存在的最大證明吧。其實，我也有過做夢的感覺，甚至有高人提出，這個陣法只是聚集而來了很多厲害的存在，然後我們就被集體地托夢了，在夢境裡一樣可以得到我們想要的資訊……」

「是啊，鬼市的交易說到底是一個資訊的交易罷了，而靈魂狀態更容易受夢境或者幻境的影響。」我接著說道，這樣一說，我其實也有些迷茫，這到底是不是一場夢境了。

可這不是我和谷心道這樣的存在能想明白的，我索性不去想這個深沉的話題，轉而問道：「我是怎麼會忽然被踢出來的？」

「都是這樣啊，你在交易中，會等交易完了，就被踢出來。如果沒有，那就會忽然被踢出來。」谷心道笑著解釋道。

此時，山洞裡已經有三三兩兩的人離開，谷心道也邀我一起離開，他在感慨，那個鬼市真如一場夢幻的仙境，可惜半年才能進去一小會兒。

可是，我卻在心中暗歎，我們認為的仙境，元老爺子卻說，那是囚籠。

子非魚，子非魚……不知魚之樂，同樣也不知魚之苦！站在不同的角度，這個世界的風景總是不同。

第七十三章 我是什麼身份

我幾乎是一路恍惚著回到我所住的地方，宿舍裡，承心哥和沈星都沒有睡，看見我就這麼恍恍惚惚地回來，兩人都未免有些擔心。

這時，我也才知道，分不清夢境與現實是一件多麼苦澀的事情。好在看見他們熟悉的臉龐，我總算慢慢適應了現實，也終於恢復了正常的狀態。

這是在鬼市的最後一晚了，在沈星睡下以後，我和承心哥並無半分睡意，而是信步走到了宿舍區的外面。

鬼市到此刻已經結束了，所有的監管也放鬆了下來，很多人都選擇連夜出發，畢竟在鬼市大家或多或少都有收穫，而連夜出發，至少能給自己一些安全感，不被覬覦。

所以，此刻在外漫步，忽然有一種繁華落盡的感覺，曾經的熱鬧剎那就會變成滿眼的荒涼，而人要適應的永遠不是那繁花似錦，而應該是繁花似錦後一個人該有的孤獨。

在這濃重的夜色下，繁星、殘月、清風、蟲鳴，想法太多，可現實總是不會容忍你的思緒飄得太遠，倚著一棵大樹，承心哥叼著他的菸斗，對我說道：「既然是這樣，線索在老祖那裡，看來我們就必須要常來鬼市了。但是，這條路艱難啊，以後昆侖不能拿到明面兒上說了，那老祖的事兒也不敢光明正大地打聽，也不知道我們有生之年，要去幾次鬼市才能把這個線索挖出來。」

我也倚著一棵大樹，雙手插袋，說道：「師傅當年是用一種祕法找到那個老祖的，我回去好好翻翻師傅給我留下的東西，爭取把那種祕法學會吧，靠打聽是不行的。就這麼幾天，我像是經歷了幾年，這個圈子是很複雜的，我們萬事兒小心吧。」

「祕法？你小子別張口祕法，閉口祕法的。那也需要功力來支撐，去找到參精吧，只要有那個，我就有辦法！」承心哥的眼中閃爍著奇特的光芒，然後他接著說道：「我們什麼時候出發去東北老林子？」

「有幾件事兒要辦。第一，我要去找劉師傅，在他那裡交換他承諾好的東西。第二，我要去為那個老婆婆的後人做風水局。第三，我要去找一個人，然後傳他宣林家的祕術。這幾件事兒辦完了，我們就去東北老林子。」不自覺地我也摸出一根菸點上了，人生就是事兒多，一根菸，同消萬古愁吧。

「那好，你去辦這些事兒吧。這段時間我沒有什麼特別的事兒，就留在天津吧！沒事兒就去北京，找承清哥喝茶，看啥時候把承真也接過來，我得輕鬆一段日子。」承心哥說話的時候，又不自覺地眯了眯眼睛，一看就是一副別有所圖的樣子。

我呵呵一樂，說道：「得了吧，你是想留在沈星身邊吧。」

「沒有，你想到哪兒去了，我那麼正直的人……」承心哥貌似害羞了，低下頭，一隻手不停地和他的襯衫下襬過不去，不過只是一秒，他就忽然抬起頭來，眼睛一眯，「兇光」一現，沉聲對我說道：「不許和我搶，如雪的……」

我異常無語地去捂住了他的嘴，又來了，不是？如雪的事兒到底在這傢伙心裡留下了多深的陰影啊？

但接下來，我們兩人就放聲大笑起來。

山影連綿，夜色清遠，我們此刻那麼快樂地計畫著將來，可誰知道，兩人分別踏上不同的旅程之後，才發現人生不能預料，就如承清哥手中的卜算工具也算不盡這人生的酸甜苦辣！

沈星的一切、遭遇最危險的真正小鬼，這人生在以後的以後太他媽的操蛋……

我們是在第二天上午十點多離開鬼市的，一路跋山涉水自然不必多說，只是沒有當初到來時那麼趕了，在三天以後，我們重新回到了天津。

沈星一路上還是那樣，一個睿智、幽默有些小防備的女孩子，我們和她相處得很愉快。

我以為，我和沈星是朋友了。

但當跨入劉師傅那棟小樓的時候，沈星忽然回頭對我和承心哥一笑，在燦爛的陽光下，沈星那一笑如同一朵盛放的鮮花，因為太美，顯得有些不真實。

我因為靈覺，心中一直都有一些類似預感的東西存在，她那一笑，莫名地把我的心笑得很憂傷，可是我不明白我在憂傷一些什麼，是憂傷沈星回了這棟小屋，就會變成以前那種神叨叨的樣子嗎？

承心哥或者沒有我這種預感，只是有些發呆，可能這一笑太美了。

我想說點什麼，可是我還沒有開口，沈星卻忽然很豪爽地拍了拍我和承心哥的肩膀，說道：「你們兩個大小孩兒很不錯的，太好玩了。和你們相處這段時光我很開心，我先進去了昂。」

一切很正常！

承心哥趕緊追了進去，在後面說道：「開心就完了啊？要請吃飯，請吃飯！」

很生活化的場面，難道是我的錯覺？我心裡也沒再多想，而是徑直上樓，輕車熟路地找到了劉師傅的房間。

這間房間一如既往的昏暗，劉師傅也同從前一樣，佝僂著身子坐在那張大寫字臺的後面，我也不知道是不是我的錯覺，我總覺得好像今天的劉師傅更老了一些。

面對我的到來，劉師傅沒有多大的激動，只是咳嗽了兩聲，說了一句：「回來了啊？坐吧。」

我背著背包，在劉師傅的對面坐下了，兩人相對沉默了一會兒，我從背包裡拿出那張記錄了他需要的一切的紙張，推到了劉師傅的面前。

「劉師傅，事情辦成了，上面記載的人全部是符合你要求的人，你過目吧。」我平靜地說道。

劉師傅顫巍巍地端起茶杯，抿了一口茶，應了一聲，然後拿起那張紙，藉著昏暗的油燈開始仔細看了起來，同時他也一邊看一邊沉思，不知道在想些什麼。

就這樣，大概他看了有十幾分鐘以後，才把紙推到我的面前，指著上面的一個人名對我說道：「如果可以，把她給我帶回來同我談談，我可以給你更多的好處。」

我搖頭拒絕了，說道：「劉師傅，之前我答應你的就只有這件事情，其餘的我不會再做。」

我總覺得劉師傅要做的一定是很逆天的事兒，我不想陷入其中。

劉師傅倒也不介意，發出了幾聲難聽的笑聲以後，又端起茶杯，喝了幾口茶，再次咳嗽了幾聲，才說道：「陳承一，我老了，也很虛弱！老到虛弱到身體已經不允許我走出去做些什麼啦……所以，我需要你的幫忙！你可以聽完我以下的話，再決定要不要幫我吧。」

我沉默著沒說話，其實關於昆侖我在鬼市已經得到了不少的線索，劉師傅能給我的線索，說不定還不如我在鬼市得到的線索，我之所以堅持完成和他的交易，是我一開始就應承了的。

劉師傅卻好像看出了我所想，輕聲說道：「小娃娃，以你的性格，到了鬼市也不可能不收集昆侖的線索吧？是不是覺得收集昆侖的線索很危險呢？」

說這話的時候，劉師傅的眼中流露出一絲凌厲的光芒，就像是直插在我的心裡，我一驚，忽然想到昆侖之後的說法，之前我是個傻子什麼都不懂，根本不知道給劉師傅透露的那些消息，會讓我處於什麼危險的境地。

可現在我一下子想到了這個，臉色就變了！

在鬼市，我一直以為自己做得很謹慎，卻沒想到在去之前，我就留下了那麼大的漏洞。

我很想努力地鎮定，可是剛才瞬間驚慌的表情已經出賣了我，恐怕只是看我這個表情，劉師傅這種人精就會明白，我至少已經知道了什麼叫昆侖之後。

氣氛變得有些緊張起來！

可是劉師傅卻突然笑了，然後說道：「看來，你也知道了不少，你來猜猜我是什麼身份呢？」

第七十四章 闖來娣

什麼身份？我一下子沒有反應過來，我還沉浸在那種身份被拆穿的緊張裡，劉師傅忽然叫我去猜他的身份，我怎麼可能猜得到？

見我二愣愣的樣子，劉師傅笑了，就跟風乾橘子皮兒裂開了似的，然後他背著雙手，竟然站了起來，走到他身後的架子旁邊，開始愛惜地東翻翻西翻翻，也沒回頭，就這麼跟我說道：「我這製符煉器的本事啊，在這華夏吧，我要說第二，沒人敢說第一！所以呢，你老李一脈，你師傅那麼驕傲的人，每次需要點兒啥都會找我，明白嗎？」

說話間，他又朝我一笑，這橘子皮兒開裂般的笑容，可不好看！但就偏偏那麼影響我的心情，我一下子像是抓住了重點，差點從椅子上跳了起來，然後指著劉師傅說道：「你……你……你是……」

原諒我的語無倫次，我才在鬼市得到消息，說要找昆侖，必須找到昆侖人或者昆侖之後，沒想到此刻在我面前的劉師傅竟然暗示我，他是！

劉師傅並沒有理會我的激動，坐回了自己的位置上，淡淡地說道：「我原本打算給你說一部分關於昆侖的消息，看你事情辦的程度也可以給你提供一個人脈網，因為圈子裡有名氣的人都會在我手底下買東西。你猜猜，我會給你提供誰的人脈網？」

我此刻已經激動得連話也說不出來了，我不傻，我知道他的意思是他會提供我師傅的人脈網，只要能掌握這些線索，我不愁理不出來師傅一路的軌跡，找到昆侖。

劉師傅就是一個釣魚的高手，已經成功地讓我這條魚兒死死地咬住了鉤子，而且還死不鬆口那一種！我連呼吸都變得粗重了起來。

「唔……我這一生沒有什麼別的願望，就想和女兒過一段兒正常人的日子，讓女兒享受享受正常姑娘的生活。我對不起女兒她媽，這個不能彌補了，我……」劉師傅的話越說越小聲，說到最後，我幾乎已經聽不清楚了。

可也就在這時，劉師傅抬頭說道：「你看如何，你要幫我帶回來那個人和我談判，我給你更多的消息，提供你師傅圈子裡完整的人脈網！而你若是能幫助我施法完成，我給你八個字，關於昆侖最關鍵的八個字。有這八個字，你至少知道如何踏上昆侖之路，不然你就算知道再多，昆侖還是昆侖，它同樣離你遙不可及！」

我激動得幾乎已經喪失了理智，一拍桌子，吼道：「成交！」

劉師傅露出了一個老狐狸般的笑容，咳嗽了兩聲，懶洋洋地指著紙上那個人名，說道：「那還有什麼好說的，把她帶回來吧。」

下了樓，我發現承心哥在樓下等我，我看見他問道：「你咋在這外面來了？」

「我咋知道？那沈星上了樓以後，就說有重要的事兒，不陪誰了，門一關就沒有再開過！我一個人在那裡傻站著幹嘛啊，就乾脆出來等著你。劉師傅給你說了一些什麼？」承心哥問道。

「走吧，先去開間房，洗個澡休息一下再說吧。」其實我有些疲憊。

承心哥留戀地望了一眼小樓，估計是在想沈星，但也沒有別的辦法，就和我一起走了。

再次踏上旅途的時候，又是我一個人了，承心哥按照他自己所說，留在了天津，租了一間房，離劉師傅的住處挺近，守著沈星，倒也算自得其樂。

至於沈星，從回來到現在我就沒有見過她。

因為行程太過匆忙，我這一次回來，沒來得及通知任何人，包括承清哥和沁淮，只是在賓館匆忙地逗留了一天以後，我就已經踏上了開往某個小城的客車。

在高速公路上行駛了將近五個小時，客車到了我的目的地——那個小城！

可是在這個陌生的小城，我並沒有多做停留，就連走走看看的心情也沒有，就在車站，又匆忙轉車坐上了另外一趟開往某個小縣城的汽車。

汽車行駛在有些年頭的國道上，有些搖搖晃晃，走了一段國道以後，直接就轉入了一條不知道多少年頭的路上，車子搖晃得更厲害了。

在車上坐的大多是一些鄉民，在車子的前面，還放著一些雞鴨，車子一晃，那些雞鴨就「嘰嘰嘎嘎」地叫，我坐在車子的後面，被搖晃得有些昏昏欲睡，又有些感慨自己的奔波，而且老往偏僻的地方奔波。

也不知道搖晃了多久，終於到了那個小縣城，說是小縣城，更像一個鄉場，來回就只有兩條街道，周圍有些賣雜貨的小鋪子，還有就是一些民居、小飯館。

我看著紙上的位址，挨個地打聽，這些鎮上的居民倒也挺熱情地給我指路。

一直到我問到具體的位址時，一個大叔挺奇怪地看了我一眼，說道：「你去那兒做啥？那兒不是關愣子的家嗎？」

關愣子的家？我微微皺眉，如果我記的不錯，我要找的女孩子叫關來娣，看來我沒有找錯，那老婆婆給的消息還滿準確的。

「哦，他家好像跟我有點遠親，我這是刻意來打聽的，大叔你可以帶我去嗎？」沒辦法，我只得隨意扯了一個謊。

結果那大叔上上下下地打量了我一會兒，說道：「這關愣子家也算有福了，居然來了個城裡的有錢親戚，走吧，走吧，我帶路。」

是有福嗎？可我的內心卻是忐忑，我不知道我給別人帶來的是什麼，總覺得自己這樣做不是很厚道！

可是，一因一果，我今天這樣做了，註定也會承擔。

關愣子的家挺遠的，這位大叔帶著我七彎八繞地走了很遠的小道兒，才遠遠看見一個黑糊糊的房子，這房子早已脫離了那所謂的「繁華地帶」，就是那兩條街口兒，幾乎是處於鎮子的最邊緣。

到了這裡，那位大叔就指著那黑糊糊的房子說道：「就那裡了，你過去吧，我就不去了，那家人不好打交道。」

難得那麼誠實的大叔，還親自帶我過來，我追過去，拿了五十塊錢硬塞在大叔的手裡，大叔先是不接，後來倒是有些不好意思地接了，念叨著關愣子有福了，城裡親戚還不錯的話，然後走遠了。

我深吸了一口氣，帶著一種莫名愧疚的心情走向那黑糊糊的房子，雖說劉師傅曾經強調不會強迫人，因為是強迫的術法也無用，而且會給足了彌補，但我心裡總覺得劉師傅的術法一定是很逆天的，我這樣做對嗎？

可是，我也不是聖人，終究戰勝不了自己的執念，我還是走進了這棟房子。

這是一棟髒亂而簡陋的房子，門口的院子連個像樣的大門也沒有，就是一個籬笆門，輕輕一推就進去了。

髒兮兮的院子，連水泥都沒糊上一層，直接就是泥巴院子，幾個小女孩在那髒兮兮的院子裡追逐著，甚至滿地打滾，衣服褲子都是灰撲撲的，最小的那一個估計才一、兩歲，流著鼻涕也沒人擦，咬著手指看著姐姐們打鬧，就在那裡傻笑。

院子裡的孩子沒人在乎我的到來，我傻傻地站在院子口，也不知道我該說些什麼。

也就在這時，一個看起來走路都有些不穩當的漢子從屋子裡出來了，扯著嗓子罵了一句：

「妳們這些賠錢貨，還在院子裡撒什麼瘋，都給老子幹活去。」

吼完這句，這個漢子終於注意到了我的存在。

第七十五章　悟

我原本想擺出一個笑臉給這個漢子的，可是他一句話就讓我笑不出來了，他斜著眼睛看了我一眼，同樣是大吼道：「哪裡來的小白臉兒，滾滾滾……」

這是個什麼人啊？我還沒說話，就莫名其妙地被喊滾？

他一出現，院子裡的孩子們早已經噤若寒蟬，也不瘋鬧了。

不過，他這一吼，卻從屋子裡出來一個婦人，看起來很是蒼老，那婦人一出來，就說著：「你嚷嚷啥？又出啥事兒了？」

那男人啐了一口，說道：「來了個小白臉，老子罵了兩句，咋的了？」

那婦人回頭看了我一眼，有些不好意思，然後轉頭對那漢子說道：「人家上門，可能是有什麼事兒？你瞎罵人幹啥？叫你少喝一點兒酒，一喝多了就在那兒發瘋。」

看著這一幕，我終於能體會為啥××命格的人，那老婆婆會說命都不會好，我估計關來娣可能是這家人的孩子，有這麼一個家庭，命能好嗎？

我就是沉思了那麼一小會兒，卻聽見院子裡的孩子哭了起來，我抬頭一看，就看見那漢子已經在動手打那婦人了，一邊打一邊嚷嚷著：「老子喝酒關妳『求』事？關妳『求』事？大老娘們兒，少打一頓都不行！」

其實我骨子裡是一個絕對不愛管閒事的人，因為師傅自小就教育我，不要亂插手因果，更不要提這種家裡長，家裡短的事兒了。

可不知道為什麼，眼前的一幕就是讓我熱血上湧，因為我看見了小孩子害怕的眼神，和婦人那可憐的眼神。

我再也顧不得什麼了，幾步就衝了過去，靠近那個漢子，我才知道什麼叫酒氣衝天，我一把就扯開了那個漢子，並沒有想動手打他，可那漢子被我扯開，竟然發怒了，狂吼著朝我衝來，可憐他早已是酒精中毒一般了，哪裡有什麼力氣，被我一推，就摔了個仰八叉，半天都爬不起來。

那婦人趕緊過來拉著我，說道：「不要打他，他就是喝多了，不喝酒的時候還是好的。」我看了這個可憐的婦人一眼，這已經快兩千年了，什麼年代了？怎麼還有這樣的家庭存在？又怎麼還有這樣軟弱的婦道人家？我是該哀其不幸，怒其不爭嗎？

因為要帶走關來娣的原因，我始終對這家人有一種負疚的心理，歎了一聲，對著那個對我罵罵咧咧的漢子，終究沒有再說什麼，更沒有再動手。

可是那漢子看見那婦人來拉我，卻是不依了，吼罵道：「妳這個生不出兒子的老娘們兒，跟下不了蛋的母雞有啥區別？看上小白臉了，是吧？老子就知道妳不是個守婦道的人。」

這話罵得非常難聽，我真的忍不住想給這個漢子一個大耳光，但是到最後卻從懷裡掏了兩百塊錢，扔給他，說道：「這是剛才道歉的錢，我是來找你談事兒的，你起來說話吧。」

其實，我根本沒有指望能和這個醉鬼談成什麼！

也就在這時，一個有些憨的笑聲傳到了我耳朵裡，我回頭一看，是一個長得眉清目秀的姑娘，大概二十歲的樣子，只是看上去有些傻乎乎的，那婦人見到那姑娘出來了，立刻招呼道：「來娣，給妳爸爸煮的解酒湯煮好了嗎？」

這就是關來娣？

事情比我想像得順利，估計是那兩百塊錢的作用，讓那個醉酒的漢子——關愣子，對我的態度來了一個一百八十度的大轉彎。

在交談中，我也得知了這是一個什麼樣的家庭，是一個在這種年代，都能生五個孩子，不生出兒子誓不甘休的可悲家庭！

男主人好酒，女主人軟弱，可憐的就是這些孩子。

至於劉師傅指明要找的關來娣是一個傻姑娘，但不是那種先天型的智障，就是說智商跟一般人比起來，差了少許，反應有些慢，性格有些憨，總的來說就是腦子有些不靈光。

面對這樣一個姑娘，我有好幾次都不想說出此行的目的，但我想著劉師傅曾說，他只會做你情我願，而且不會傷害人給足彌補的事兒，我又硬著頭皮說了。

我不想欺騙，很直接地說，有個人想和他們談談，主要是需要關來娣，會給足補償！我也提醒道，你們如果不願意可以拒絕任何事，沒人可以傷害你們，如果有必要，我會幫你們。

在那個時候，我想到的不是昆侖，而是底線！

我對劉師傅這個人沒有把握，我只能盡力去相信他的話，可也做好最壞的準備，如果他真的要對關來娣做什麼，我會阻止！

有些線索，不要了也罷，我自己難道不會找？

我以為聽了我的話這家人會猶豫，可讓我沒想到的是，連同那個婦人都沒有一點兒猶豫，很高興地同意和我一起去和要見他們的人談談，因為我也告訴他們會給他們補償。

「大不了就是讓來娣去做媳婦兒嘛！只要是有殷實人家，又有什麼不可以的？她傻乎乎的，這裡的人沒有瞧得上她，窮地方我不愛她去，去看看，那人找我們幹啥！」這就是關愣子的原話！

他竟然一點兒都不懷疑這其中有什麼，也是，做人做到他這個份上，還有什麼可以讓別人坑的東西？

那婦人竟然也贊成關愣子的話，她覺得家裡的生活已經夠困難了，來娣能為家裡做些貢獻也是好的，還想著如果以後生不出兒子，有錢總是能招個上門女婿的。

我無法理解他們的想法，或者我們就是在不同的世界。

在談這些事情的時候，關來娣始終在旁邊傻呼呼地笑著，讓添茶就添茶，讓去看看妹妹，就去看看妹妹……

這一幕，看得我心刺痛，但願劉師傅不要為了他女兒真的做出什麼傷天害理的事兒吧！

原本，在我心裡那麼重要的昆侖，在面對一種憨厚的純真時，竟然變得渺小，我以為這是我心中最深的執念，不可動搖，可一個關來娣竟然就讓我可以放棄它最重要的線索。

師傅常說，紅塵練心，練心之處無處不在，原來，我來這一趟，竟然還有這樣的領悟？

可是，不管我在領悟什麼，那婦人已經開始收拾行李了，他們是那麼迫不及待地要到天津，去見一見劉師傅。

這是一趟拖兒帶女的旅程，因為關愣子一家在那個小鄉鎮上和誰的關係都不好，而他們兩口子都要去天津，沒有人願意幫他們看孩子，索性他們就帶了全家人出發。

五個小孩，最大的二十歲，最小的兩歲，我無法說出這種奇特的年齡差，和這一家七口與這個時代是多麼的格格不入。

他們理所當然地把我當成行程的負責人，理所當然地讓我負責吃喝拉撒。

我沒有什麼抗拒的意思，因為我看著那些小孩兒第一次見到小城時的興奮，就覺得或許我花的是錢，卻買到了她們最珍貴的快樂。

在小城，我為幾個孩子買了一身乾淨漂亮的衣服，不為什麼，就是覺得應該。

而在第三天的時候，我才帶著這跟遊覽一般的一家人到了天津。

我故意沒有直接帶著他們去找劉師傅，而是自己上門去了，我覺得我必須要問問劉師傅，他到底要做什麼！

而也在這一天，一齣悲劇在我的眼前上演了。

第七十六章　極品之器

這是很普通的一天，六月的天氣已經有些悶熱，可是今天的天空總是有些陰沉沉的。

我把關愣子一家安排在了一個賓館，然後徑直出發去了劉師傅那裡。

依舊是那間昏暗陰沉的房間，我以為劉師傅會在那裡單獨等我，畢竟我在之前電話通知過他，卻不料在房間裡我見到了沈星和劉師傅在談事情。

他們具體談些什麼，我不知道，只是藉著昏暗的油燈，我看見沈星的雙眼通紅，像是哭過，而劉師傅的神色也頗有些悲傷無奈。

我站在房間的門口，聽見沈星用一種冷靜到冰冷的語氣問劉師傅：「真的再沒有一點辦法了嗎？我其實沒有什麼不可以付出的。」

這句話有些怪怪的，我歪著腦袋，總是感覺不太好，總是覺得這種冷靜之下，含著一種非常深沉的絕望在裡面。

面對沈星的問題，劉師傅悲哀地搖了搖頭，說道：「沒有辦法，原以為還可以再一年的。這不是妳犧牲與否的問題，實際上傷天害理的事情，妳不願意做，我也不可以做！偷來的時間總是偷來的啊。」

接著，劉師傅和沈星之間是一段長時間的沉默，劉師傅神色惋惜而悲哀，可沈星卻是一種出人意料的平靜，平靜到了骨子裡，就像是已經沒了希望，又何必激動的感覺。

他們這種沉默，讓我尷尬得進去也不是，走也不可能。

我很擔心沈星，可是這丫頭太聰敏，心事心思都隱藏得太深，是那種容不得他人擔心的強勢，看似熱情卻有一種拒他人於千里之外的防備，讓我無從去擔心和關心。

這樣的沉默對峙了大概一分鐘吧，劉師傅忽然開口說道：「丫頭，妳是一個聰明又堅強的人，什麼問題妳都想得開，想得明白，而且敢做敢為，這個問題我希望妳也一樣啊。」

我以為沈星不會回應，出人意料的沈星竟然淡淡地笑了笑，說道：「劉叔，我當然想得明白，當然也會一樣敢做敢為地去用自己的方式面對的。」

我看見劉師傅長吁了一口氣，神情明顯放鬆了許多，說道：「剩下的事情我會好好幫妳處理，妳放心罷，下午我就會處理。」

沈星異常沉靜地點了點頭。

而這時，劉師傅終於注意到了站在門口的我，對我說道：「愣著幹什麼，進來罷。」

我訕訕地笑了，聳了聳肩，表示了一下聽到他們談話是我無意的，同時我的心情也輕鬆了下來，不為什麼，為沈星的態度，這丫頭是我見過最特別的現代都市裡的丫頭，內斂仗義的性格我很喜歡，她幫了我和承心哥，我是很欣賞她並拿她當朋友的。

劉師傅的話讓沈星注意到了我的到來，在我走進房間的時候，她轉身望著我笑了一下，這笑容很平靜，平靜得就如下午的陽光，讓人覺得普通也察覺不出什麼來。

「承一……」笑過之後，沈星忽然叫住我。

「嗯？」沈星會在這個時候叫我，我很驚奇，要知道她的性子多少有些自我，並不是說會為了禮貌隨時招呼你那種。

「幫我給承心打個電話吧，我今天心情不是很好，讓他陪我一天吧，出去走走。」沈星笑著說道。

「好。」我拿出手機，很快就撥通了承心哥的電話，難道這一次，承心哥終於會有一段靠譜的戀情了？會結婚嗎？難道他會成為我們這一脈中第一個結婚的人？

是的，我承認我想多了，但事實是，我們這一脈上至師祖，下至承願，就沒有一個人不是單身漢！真慘……

我在電話裡很快就把沈星的要求給承心哥說了，承心哥的反應在預料之中，當然是很興奮，沈星在這個時候拿過了電話，和承心哥約了一個地點，然後就把電話還給了我。

只是她對我說了一句看起來很大膽、有些不符合她風格的話，她說：「蘇承心很不錯，重要的是他喜歡我，對不對？」

我當時有些呆，下意識地就說道：「對啊。」

「真好，這個男孩子是喜歡我的男孩子裡，我唯一一個不討厭的，去待一天吧。」沈星笑笑，然後轉身走了。

我抓了抓腦袋，始終就想不明白這通莫名其妙的對話到底是個什麼意思。

想不明白就不想了，這是我們老李一脈優秀的光棍氣質，我大剌剌地坐到了劉師傅的面前：「人我帶來了，現在在賓館。」

劉師傅的神情一點兒都不激動，還是端著他那搪瓷缸子，抿了一口茶，然後才淡淡地問道：「那為什麼不帶來？」

「關來娣很可憐。」

劉師傅嘿嘿地笑了，我再一次成功地看見了裂開的橘子皮，心裡暗罵了一句，這隻老狐狸。

「果然是老李一脈的男兒，個個都是仁義的，為了一個陌生人，連昆侖重要的線索都可以不要！你是怕我用關來娣來做什麼傷天害理的事兒嗎？」劉師傅用一雙老得有些渾濁的眼睛盯著我，可我覺得那是一雙最能洞徹人心的眼睛。

「我要聽，你具體要做什麼！你說過，你的施法過程也需要我的幫忙。」可惜我光棍氣質一上來，莫說一隻老狐狸，就是一隻老虎我也不怕。

劉師傅一隻手不停地轉著搪瓷茶缸的蓋子，一隻手不停地敲著桌子，面對我的問題，他沉默了很久才說道：「和我一樣，老李一脈玩繩結的功夫敢說第二，這華夏沒人敢說第一，況且你的靈覺強大，還能幫一點兒小忙。至於，我要做什麼嗎……」說話間，劉師傅終於沒有玩他那搪瓷茶缸的蓋子了，而是從他桌子的抽屜裡拿出了一件兒東西。

我定睛一看，那是一個通體都散發著溫潤光澤的骨頭，是人的一截脊椎骨，這截骨頭一看就知道已經達到了道家頂級陰器的標準，一截骨頭竟能被溫養到散發出如此溫潤的光澤，沒有數十年的功夫，還有一些溫養的祕法是絕對不行的。

俗話說，幹一行愛一行，而愛上這一行的人同樣也會愛上有關於這一行的東西，我是一個道士，對各種法器（陰器也是法器的一種）自然是愛的，一看到這個，我就忍不住拿到手心把玩起來。

這截骨頭一到我的手心就有一種說不出的涼意，但是涼得很舒服，就像在大夏天裡喝了綠豆湯，我當然識貨，開口就低呼了一聲：「劉師傅，您厲害，這骨器是經過了純淨的陰氣滋養，您可真捨得！」

是的，我曾經說過，這世間純淨的陰氣難尋，像有靈之地，一般就是有靈氣之地，這有純陰之氣的地方也能叫靈地，為啥？只要你有合適的補陽身之物，在有純淨陰氣的地方修煉，那叫一個突飛猛進！純粹就是滋養靈魂的。

所以，我一激動，對劉師傅都一口一個您了，他竟然用純陰來養器！

「你小子倒是識貨，咋樣？這陰器是不是厚道呢？」劉師傅忽然就這樣對我說道。

我一驚，一下子放了那陰器，因為我大概猜測出來劉師傅要做什麼了，我輕呼道：「劉師傅，您該不會是……？不，不，我絕對不會同意。」

劉師傅低聲說道：「也就兩年！」

「兩年？如果是兩年，那又何苦來著？」我喃喃地說道。

「我這個人呢，除了製符練器有一手，要說對靈魂，對人的研究也是很深的，祕術我也換回來了很多。這一切，你知道的，只是為了我那個可憐的女兒！肉身是有壽命的限制的，在逆天之下，靈魂何嘗就沒有限制？我女兒那邊的情況你也是知道的，無限制地借壽，已經是不可能了，她痛苦，我這個做爸爸的何嘗就不痛苦？除非……」劉師傅頓了一下。

我低聲說道：「除非逆天改命！」

「是啊，除非逆天改命，可是你覺得我會嗎？」劉師傅目光灼灼地望著我。

第七十七章 思

面對劉師傅的問題，我心裡當然有底，我搖搖頭說道：「您不會，您怕損了您女兒的陰德，讓她輪迴幾世都苦，她也不可能有後人替她還債，您考慮的很多啊，劉師傅！您真的很愛您女兒。」

「別提什麼愛不愛，為人父，付出還有什麼好計較的。所以啊，逆天改命我不會，那兩年時間也可足夠了，我看似逆天而行，事實上為了我女兒，我儘量地遵循天道，壽不可借了，我女兒也就兩年的命，我連年借壽，也不過兩年的命了，我們父女好好過兩年。」說完這話，劉師傅的臉上浮現出一絲笑容，很滿足的樣子。

可我的內心卻一下子沉了下去，他說自己兩年命，竟然還那麼滿足，生死已經看淡，就像在談論別人的事兒，只求兩年的幸福日子，這人生啊，我想起了很多人的故事，包括自己的……我真想說句操蛋！可我卻說不出來，同樣子非魚，焉知魚之樂，在我看來可憐的事情，或許在劉師傅看來能有這樣兩年，是比活二十年、二百年還幸福的事兒吧！

只可惜，一脈傳承的昆侖之後，到兩年後又會少掉一個！

昆侖是住著什麼樣的大能？他為傳承不斷，當年大開山門，可他能料到世事無常嗎？傳承還是這樣一點一點地消失？也或者它們沒有消失，只是變成了火星，深埋於灰燼裡，一陣風吹過，一把柴添上，那熊熊傳承之火會再燃燒的吧？

華夏不亡，道家不死！我堅信。

就這樣，我和劉師傅都各懷心事地沉默了一陣子，是劉師傅先打破沉默的，他第一次除去了狡黠，用一種真誠的鄭重對我說道：「我不想欠誰，是不想替我女兒欠債！所以，準備了如此上好的陰器，你明白的，只是兩年時間，這陰器反倒有滋養靈魂的作用，況且還有我時常照看！而不管是關來娣還是她家人，我都會給予豐厚的報酬，這中間的因果雖然複雜，但我至少不欠誰！況且，我懂一些批命格之術，這世間沒有完全相同的命格，只是相似的命格會大概分為一類，關來娣和我女兒一樣是苦命格，但我女兒能有兩年幸福，也是苦盡甘來，她的命格還要好些，同樣承受得起苦盡甘來，甚至後期更有福氣的命格，我選她，這樣也算少些因果。否則我給了報酬，承受不起，也是要折壽的。」

劉師傅是第一次這樣囉囉嗦嗦地說話，可是我能感覺他的真誠，他真是考慮到了面面俱到，這樣的術法或許逆天，畢竟我已經猜到是讓他女兒借用他人身體活著，但不是他女兒到了如此痛苦的程度，他或許也不會考慮用這樣的術法吧？

身體是上天賜予人類的寶物，私有的財產，而天道其中一條就如國外的一條鐵的法律，明確地規定了私有財產是神聖不可侵犯的，劉師傅鑽法律的空子，想要佔有別人的財產兩年，當然是要承擔許多的。

只是在雙方同意的情況下，罪可能要輕一些，所以他口口聲聲說著不會逼迫別人。

但我猜測，他沒對我說的是代價，或許他和他女兒同樣還可以再活五年，就因為這個，雙雙都只剩下了兩年。

我無從去猜測劉師傅女兒的想法，可她一定是願意的吧！想想吧，一動就疼痛的，散發著腐朽氣味的身體，活動範圍就是一間昏暗的房間，瞭解世界的管道就是一台掛著的電視……

或許，劉師傅強留他的女兒在世間是錯的，可是，他的愛不容褻瀆，在這個世間有幾人能做到，兩個人一條命？父親女兒一起活著，妳的生命由我來背負？

這讓我想起了如雪，想起了那個山洞，想起了她一次又一次，用她的身體承擔我的生命，我這一輩子怎麼愛她，也許都愛不夠的，一時間我有點呆了。

看我發呆，劉師傅咳嗽了兩聲，把我的思緒喚回了現實，他對我說道：「承一，該說的我已經說了，就算不在乎昆侖的線索了，也請你幫我，幫我好嗎？」

「如果關來娣本人願意，我不介意幫你！但劉師傅，我請求您，一定要很明白地告訴關來娣本人這件事情，是個什麼樣的概念，也許中間的祕辛不好說，但您至少要告訴她，她會陷入沉睡兩年！我希望她是在很明白的情況下答應這件事情。」我認真地對劉師傅說道。

「你放心，她如果是在不明白的情況下答應，在天道之下，我是罪加一等。陳承一，請你相信我是好人，你問你師傅，他也會告訴你，拋開一切表象，我是好人。」劉師傅很認真地對我說道。

「我知道。」我也回答得很認真，沒有半點矯情的意思在裡面。

和劉師傅一番談話之後，我就告辭了，我告訴劉師傅，過一會兒，我會把關家人帶來，具體讓他自己去談，我提醒他，他最好先和關來娣談談，畢竟我覺得關愣子有些貪婪，怕他會強迫自己的女兒，影響關來娣的意志。

要知道，這麼多年，劉師傅的積蓄是豐厚的，他拿出來的數字一定會讓關家人瘋狂的。

劉師傅明白我的意思，點頭答應了。

回到賓館正是中午時分，我張羅著關家一家老小去飯店吃了一頓還算豐盛的飯菜，不出意料的，嗜酒如命的關愣子在我刻意的控制之下，還是喝得飄飄然的。

他就這樣，叼著一根牙籤，蹲在了飯店的椅子上，一隻手夾著菸，一隻手搓著腳，打了個飽嗝對我說道：「我家來娣要是值個好價錢，我是不會虧待小兄弟你的，我——關愣子，是恩怨分明的大老爺們！」說話間，他胸膛拍得咚咚直響，絲毫沒有半點擔心關來娣的意思。

關來娣善良地在旁邊憨笑著，她的反應有些慢，就為自己能給家人做點事兒高興了，貌似自己會怎麼樣，她沒想過，或者她認為爸媽能帶給她的，都是好事兒。

只有那個婦人在旁軟弱地問了一句：「陳兄弟，我家來娣會不會有什麼不好之類的啊？」

我正待回答，那關愣子牛眼一瞪，桌子一拍，惹得旁邊的人紛紛側目，他還得意，吼道：「妳個老娘們兒，懂個屁？老爺們兒說話，妳滾邊兒去，別耽誤老子大事兒，再說一丫頭片子，有啥好值得擔心的？奶奶個熊的！」

我壓著心中的怒火，笑著對那婦人說道：「來娣不會有什麼事兒的，我去瞭解過了，劉師傅到時候也會詳細地跟你們說的。」

那婦人放心地點了點頭，我這時才轉頭對關愣子說道：「什麼叫值一個好價錢？記得，無論是男是女，她是你孩子，不是你拿來賣的東西，這次我就不抽你了，大庭廣眾的，我還要臉。」

關愣子訕訕地一笑，倒是沒有和我頂撞，估計是我上次對他動過手，他知道我不會客氣，二來，我現在還是他的財神爺不是？

在這過程中，關來娣一直憨厚地笑著，眉清目秀的丫頭，挺好看的。

兩年後，她又會是什麼樣子？我暗下決心，兩年後的關來娣，我要照顧著，這畢竟也是我的因果。

只是兩年後的事兒，誰又能預料？

就這樣，我懷著對關愣子厭惡的心情，把他們一家帶到了劉師傅的家，一進劉師傅的家，關愣子就評價了一句：「這不像有錢人嘛。」

我冷著臉說道：「他的錢多到你這樣的人想都想不到！」

按照約定，我把關來娣先行帶了上去，我不想打擾劉師傅和關來娣的談話，正想出去，卻聽見關來娣傻乎乎地說道：「是你這位大爺吧？聽說你要我辦事兒，那你也幫我辦件事兒，行不？讓我媽能生個弟弟，我爸也就不用一天到晚喝酒了。」

我一聽，心裡泛起一股子苦澀，這傻丫頭才是真正的純真吧，估計也只有很純真的人才能見到劉師傅這副尊容也可以大大咧咧地不在乎、不害怕，說著自己想說的話吧。

我轉身下樓了，給婦人打了個招呼，捏了捏幾個小孩子的臉蛋兒，唯獨沒有理會關愣子。

我有一種強烈的想喝酒的想法，我決定自己買罐啤酒，找個地方喝一次，醉一場，想一些我很想很想的人。

第七十八章　亂

一包菸，一袋花生，幾罐子啤酒，在這些東西的陪伴下，一個下午的光陰是如此的好打發，聽著海河水發出的「嘩嘩」聲，我的時光在這一刻彷彿陷入了一種靜止。

仰頭灌了一大口啤酒，叼著菸，我舉著手，透過五指的縫隙看著有些暗沉天空，彷彿又聽見一個老不正經的聲音在我耳邊說道：「三娃兒，給我爬起來，抄《道德經》去，狗日的娃兒不自覺喃？」

呵，師傅！我放下手，臉上掛著一絲自嘲的笑容，我知道我只是彷彿聽見，不是真的聽見！

是啊，都說孫悟空一個筋斗能翻十萬八千里，我和師傅到如今隔著幾個筋斗的距離？或者，我變成孫悟空，翻很多個筋斗也不能再見他對著我，賊兮兮地笑一次，也不能聽見他那老不正經的聲音。

內心有些苦澀，我又灌下了一大口啤酒，然後酒瓶子就空了，我隨手捏扁了酒瓶子，就想扔到河裡，可我又好像聽見如雪在對我說：「你隨手扔東西的樣子真難看。」

嗯，我隨手扔東西的樣子真難看，我知道妳在哪裡，我愛妳，卻忍著不見妳，不和妳相守，連放肆地相愛也不敢的樣子更難看。

如雪……那時，我們年華正好，如今我們是不是有些老了？

儘管思念是那麼苦澀，它於我不是黑咖啡，而是一碗酸藥水，因為在我心中並沒有一絲回味的醇香，有的只是無盡的酸澀，我知道我現在的樣子有些過於放縱，可是我沒辦法任情緒堆積在心裡無法發洩。

幾罐啤酒喝完，已經華燈初上，萬家燈火的時間，很多年前，我在回家時，曾經羨慕過這種溫馨的萬家燈火，可如今輾轉了快十年，那抹溫暖的燈光依舊離我很遠，我依舊只能站在這人來人往的街道，彷彿一個靜止的原點，抬頭去羡慕。

命運，真是諷刺。

我覺得自己有些醉了，酒這個東西真是奇怪，在你開心的時候，很難喝醉，在你一個人喝悶酒的時候，反而就這麼容易醉了。

所以，它能解憂，因為一醉也就解了千愁！

腳步稍微有些漂浮地走在路上，我接到了一個來自劉師傅的電話，他告訴我，和關來娣一家的事情已經談成，他沒什麼時間可以浪費，如果可以他希望能在三天之內完成那個逆天的術法，他需要我的幫忙。

我用一種異常清醒的語調答應了，或者在內心，我不願意人看見我的狼狽。

我很厭惡自己這樣的狀態，明明此刻在內心是一個男人脆弱得不像話的時候，我還能清楚地盤算，劉師傅的事情完成以後，就去為愛琳聚集殘魂，然後是那老婆婆的交易條件……

在內心有了執念以後，情緒上想放縱一次也不可以。

我也不知道我在這路上走了多久，只是走到我所在的賓館時，天色已經從華燈初上變為了夜色深沉，我的酒也醒了不少，那股哀傷已經被我收拾進了心底，我恢復了表面上的平靜。

在要跨入賓館的時候，我不禁想著，也不知道承心哥回來沒有，他和沈星還順利嗎？但願能順利吧，如果這樣，我也可以給自己一個高興的理由。

可沒想到，我人還在想著這件事，我的電話就響起了，我掏出電話，下意識地先看了一眼時間，晚上九點十七分，來電顯示的名字是蘇承心。

我微微一笑，心想要不要那麼巧，還在想著他的事兒，他就打電話來！

可這明明是一件愉快的事情，我卻不知道為什麼，接起電話的時候，有些心慌。

電話通了，除了電流的聲音，那邊一片安靜，我有些奇怪，這個禮貌型的承心哥會不先打招呼？儘管如此，我還是用儘量輕鬆的語氣對著電話那邊說道：「喂，承心哥，約會愉快嗎？是打電話來炫耀了？」

可是，我並沒有聽見預料中承心哥不客氣的「回嘴」，我只是聽見了一片大喘息的聲音，像是驚慌，又像是在哭泣，接著承心哥嘶啞、疲憊，甚至是慌亂的聲音傳入了我的耳朵：「承一嗎？快，快來××醫院，多一分鐘我都快崩潰了。」

我原本已經走入了賓館的大堂，可我聽見承心哥這句話的時候，腳步陡然一停，接著我的神色平靜，可我整個人已經快速調轉了一個方向，朝著大街上快速地跑去，我需要一輛計程車。

我一邊跑，一邊用儘量平和的語氣問著承心哥：「你出事兒了？」

那邊的喘息聲更加的慌亂，我發誓我從來沒有聽過承心哥如此慌亂的聲音，他一向都是那個溫潤如玉，風度翩翩，沉穩冷靜的承心哥，如果不是我對他的聲音如此的熟悉，我會以為是別人。

他跟我說了一句話，幾乎是咆哮著大吼道：「來啊，你快來！不是我，是沈星！」

我的心一沉，莫名其妙地就想到了那天我們從鬼市回來，沈星那忽然回頭的笑容，也莫名其妙地想到了那天沈星和劉師傅談話時，那帶著絕望的平靜！

不！我在心中就想著這個字，可是我不能在承心哥的面前表現出來什麼，我沒有過多地去追問，去評價，我只問了一句：「地點說具體一點兒。」

「××樓，××層，急救室。我在那裡！」承心哥的情緒稍微穩定了一些。

「好，我等一下就到。」說完這句，我掛斷了電話，幾乎是在掛斷電話的瞬間，我的拳頭就狠狠地朝著牆頭搥了一次，來發洩自己內心的不安、猜測和各種負面情緒。

這樣的行為嚇到了周圍兩個過路的人，可是我哪裡還管得了那麼多？我幾乎是衝到街道的正中央，攔了一輛計程車，然後幾乎是用嘶吼的聲音對司機說道：「去××醫院。」

司機不是傻子，看我的神情，估計在醫院有我的親人，一路上車子開得飛快。

而我坐在車內，不停地在祈禱，沈星千萬不要有事兒，這個丫頭我是很喜歡的，就像喜歡兄弟朋友那樣的喜歡，更何況她還救過我！

如果這些都不夠，那承心哥對她的感情也是一顆很重的砝碼，她這樣出事兒，我承受不了這種落差，前一種是他們幸福地在一起，沈星就成了我的嫂子，我的親人，後一種，我有些痛苦地抓了抓頭髮，不敢想……

車子就在我這種慌亂下，開到了醫院，我扔下一百塊錢，連找零都不要，就朝著那層衝去。

只是走到樓梯口的時候，我深吸了一口氣，我不能這個樣子，我必須要在承心哥面前保持必要的冷靜，所以我放慢了腳步，儘量輕緩地朝著急救室走去。

在走廊上，我遠遠地就看見了靠著牆，伸著腿，一張臉面無表情地盯著天花板的承心哥，我的心再一沉，照這個樣子看來，沈星她……？

可是，我忍住了，我走了過去，在承心哥的身邊坐下來了，沒有多餘的語言，我只是在他肩膀上拍了拍。

承心哥轉頭望著我，此刻的他頭髮有些蓬亂，估計是痛苦的時候，自己亂抓了幾下，一向整齊乾淨的襯衣扣子也胡亂扯開了幾顆，還顯得有些皺。

他的雙眼幾乎是沒有焦距地盯著我，就說了一句話：「沈星吃了安眠藥，好像很多安眠藥。」

我心裡一下子就急上火了，我咬了咬下唇，生疼，但說出來的話語氣卻很平靜：「沒事，可以洗胃的。你們在一起她怎麼吃的安眠藥？」

「我不知道！」承心哥疲憊地抹了一把臉，然後十指陷入了他的頭髮裡，他說道：「我也是醫生，還是能很好救命的醫生，可我一點兒工具也沒有，禁忌的東西不敢用，承一，我是不是太懦弱了？」

承心哥根本就沒有回答我的問題，卻問我莫名其妙的事情。禁忌的東西是什麼？轉移之術，用了也沒用，因為只是減少病痛，並不能延長生命！也許有一根金針在手，承心哥會好一些吧，可是金針也沒有用，因為它可以瞬間刺激人的生命潛力，卻不是救命。

我深吸了一口氣，此時無法給承心哥解釋道理，我只是說道：「你沒有很懦弱，送醫院是對的。」

第七十九章 對不起

也許是我的冷靜情緒感染了承心哥，此刻他的眼神總算有了一點兒焦距，一點兒情緒，可那情緒全是痛苦，他捂著臉說道：「承一啊，醫生不能救人是很痛苦的，特別是你重要的人就這樣倒在你的面前，那真的很痛苦，我很怕，很怕沈星……」

我站起來，無言地抬頭望了望天花板，然後猛地一把把承心哥扯了起來，然後幾步把他拖到了洗手間，打開水龍頭，把他的頭摁在水龍頭的下方，任冷水沖過他的腦袋！

也許是冰涼的冷水刺激了承心哥，他一下子憤怒了，從水龍頭下猛地抬起了頭，想也不想，大吼道：「你做什麼？」與此同時，他的拳頭也朝著我揮舞而來。

我抓住了承心哥的拳頭，對他吼道：「你還沒清醒嗎？滿腦子都是不能救她，不能救她！沈星如此聰明，她如果會怪你不能救她，也就不會用這種方式！況且現在也不是完全沒有希望……你可以憤怒，可以悲傷，但是，你就是不可以因此頹廢，你懂了嗎？」

我知道這種陷入自責的痛苦，我覺得我必須要第一時間點醒承心哥，沈星那邊我擔心，但我同樣也擔心承心哥就此沉淪。

承心哥到底是個聰明人，也或許是冰涼的冷水讓他冷靜了，他明白了我的意思，忽然平靜了，脫下襯衫，擦了擦頭髮，然後重新穿上，盡全力地把它整理整齊了。

他沒有急著走出洗手間，而是對我說道：「承一，給我菸。」

我點了兩枝，自己叼著一枝，在他嘴裡塞了一枝……

等待的時間是難熬的，每一分鐘都如同過去了一個小時，可等待的時間卻也是珍貴的，你總是希望時間能走慢一點兒，因為能等待的，就意味著還有希望。

只有絕望的時候，才會放棄等待吧。

時間「滴答滴答」地走著，我在心裡反覆思考著，沈星為什麼會選擇那麼做？

事情的經過，承心哥已經簡單地對我說了，這經過更讓人覺得莫名其妙。

說到底，今天於承心哥其實是愉快的一天，他和沈星的約會很快樂，按照承心哥的說法，那就是相處已經很接近於戀人了。

今天的沈星並不像以前的沈星，看起來是熱情的和我們融入在一起，其實心裡有一道厚厚的心牆。

「今天，沈星並沒有這道心牆，承一，我能感覺到的！她帶著我走街串巷，帶我去看她小時候在天津待過的地方，帶我去吃只有那一片兒的老天津人才知道的食物，她給我說很多，說自己在哪裡工作過，自己曾經有多麼出色的成績……承一，今天的沈星真的沒有心牆。」這是承心哥對我說的原話。

我是相信承心哥的，我相信他描述的那種快樂地走街串巷是存在的。

他們一直這樣快樂地相處到了晚上，沈星忽然提出讓承心哥陪她去一個地方喝酒，那是已經快到城郊的地界了，而沈星讓承心哥陪她喝酒的地方竟然是一棟已經廢棄了的平房房頂，這個地方沈星之前才帶他來過，是她小時候生活過的地方。

「其實，在那裡喝酒真的挺好的！沒有了城市的喧鬧繁華，有的只是帶著土地青草氣息的微風，還有頭頂上的月亮，我和她真的喝得很開心。」一直到那一刻，承心哥覺得都是正常的，都是幸福的。

到最後，承心哥喝完了他的五罐酒，沈星說誰先喝完誰先下去，這是她小時候遊戲的規矩，說這話的時候，沈星還剩下半罐子啤酒。

「我沒有懷疑什麼，我下去了！在下面，我看不清楚在頂上的她具體做了什麼，只能看見她的腳丫一直在晃啊晃的，很是開心的樣子，等了不到十分鐘，她就下來了。」這是承心哥對當時的描述。

接下來，他們理所當然地踏上了回程，在回程的路上，承心哥一直在考慮，要不要給沈星表白，但又躊躇著，才認識沒有多久，況且他開始覺得沈星的興致變得低落起來。

走了沒有五分鐘，沈星就顯得疲憊了，她忽然對承心哥說道：「蘇承心，你背我。我走不了啦！」

承心哥覺得有些奇怪，卻也暗自有幾分欣喜，她能讓他背她，那意思就是接受他了嗎？可他看著沈星的樣子，卻是真的開始疲憊，甚至昏昏欲睡的樣子。

沒有拒絕的，承心哥把沈星背在了背上，沿著城郊車輛很少的公路走著。

在這個時候，沈星忽然對承心哥說道：「很久以前，也有這麼一個人，喜歡背著我在這條路上來來回回，那個時候，我們沒錢住在城裡。」

聽到這番話的時候，承心哥是沉默，他不知道該回應什麼，他猜測沈星說的應該是一個對她很重要的人，應該是個男人吧，那個男人應該是沈星關係極其親密的吧。

其實，在當時，承心哥心裡有些微酸，可他卻不介意，誰沒有過去？或者，到了這個年齡，誰沒有愛過？

他只是覺得沈星的聲音有些模糊，這種模糊是在逃避往事嗎？承心哥在當時是如此想的。

可是，沒過了一分鐘，沈星又忽然對承心哥說道：「蘇承心啊，我要死了。」

「妳瞎說什麼呢？妳好好的，怎麼可能要死了？」

「蘇承心啊，你是個好男人，我想著要接受你的，可是……可是我過不了自己這一關。」

沈星的聲音越來越飄忽。

承心哥愣了一下，不過很快就溫和地說道：「沒事兒，誰也沒要求妳現在就能過什麼關，時間多，我等妳，慢慢來。」

「沒……沒有時間了，我吃了好……好多安眠……安眠藥呢。」沈星的聲音漸漸變得低不可聞，她趴在承心哥的背上，沒有動靜了，變得很重了。

這是人對自己的身體失去控制，才會出現的現象！承心哥是一個醫生，他怎麼可能不知道？他的臉色一下子變了，馬上放下沈星，捏住了她的脈，心跳緩慢，這是吃了安眠藥的典型特徵！

承心哥慌了，就如他所說的，他當時腦子裡一下子想了很多辦法，就如催吐什麼的，無奈沈星連吞嚥的能力都喪失了部分，連牙齒都很難打開……

承心哥不敢多試了，身為醫生的他深知不能耽誤每一分，每一秒！

幾乎是跑到路當中攔住了一輛過路的汽車，然後把沈星送到了醫院！

是的，沈星用一天的快樂迷惑了所有人，包括承心哥，可是沒人知道她這麼做的原因！包括我也猜測不出來，只能隱約覺得她的行為可能和她與劉師傅的談話有關係。

可是，她不是說了會面對嗎？面對就是自殺嗎？那是最懦弱的逃避，好嗎？

我有些想不通，所以很是焦躁，在這種難過的沉默中，承心哥忽然開口說話了：「承一，你知道嗎？那是一個奇蹟，在藥效已經發揮的情況下，她竟然如此清醒地給我說了那麼多話！你知道嗎？那是意志非常頑強才能做到的啊，那……那一定是她很想跟我說的吧。」

說這話的時候，承心哥那並未完全乾透的頭髮上滴落下了一滴水，就像是滴落下來了一滴淚。

他們談話的內容，是如此的……我不知道怎麼去形容，所以，面對承心哥感慨是奇蹟的事情，我也根本插不上嘴，搭不上腔，只能沉默。

也就在這個時候，急救室的燈熄滅了，醫生走了出來，我和承心哥都站起來，迎了上去，我們誰也沒敢先發問，只是在那裡愣著。

醫生扯下口罩，用一種很遺憾的表情說了一句話：「對不起，她是用酒類送服的安眠藥，而且量太大，我們盡力了。」

「不……不是的……」承心哥搖頭，似笑非笑，似哭非哭，然後一下子跪倒在了地上。

第八十章 她回來了

事實是什麼?事實就是不管你承不承認，它總在那裡，不會改變，所以當沈星的身體被蓋著白布推出來的時候，我有一種恍惚的感覺，感覺自己是不是在做夢，夢醒後，沈星依舊在那裡，就如和我們相處時那樣，在那裡翻著書。

我是難過的，畢竟我當沈星是朋友，而朋友不是能用時間來界定的。

就如我當晟哥是朋友，而我們實際相處的時間卻沒有多少，他只是在我還是青澀少年，有些孤寂的年紀裡，走進了我心裡的一個朋友。

所以，看著這一幕，我怎麼能不難過?要知道，人在成熟以後，再新交一個朋友更是不容易的事兒，可是這個朋友那麼快就沒了……

護士在一旁問我是不是死者的家屬，我有些反應不過來，直到護士再三叫我通知家屬什麼的，我才想著我還不能亂，沈星還有後事要處理，我必須撐著。

承心哥，此刻被我扶坐在椅子上已經是不行了，整個人處於半迷濛的狀態。

愛情，總是來得比其他感情激烈點兒，喪失所愛的人總是要疼痛一些。

我撥通了劉師傅的電話，或許是劉師傅行動緩慢，電話響了好久才接通，在那邊，有人要把沈星推到太平間去，承心哥站起來阻止著，他掀開那張白單子，看著沈星的臉，淚水終於流了出來。

我沒有去阻止承心哥這看似癲狂的行為，因為情緒總是需要發洩。

電話通了，我走到一旁，小聲地對劉師傅說道：「劉師傅，沈星出事兒了，現在需要通知她的家人。」我不忍心說出一個死字，我總是覺得死字不該和我的朋友聯繫在一起。

雖然我必須接受這個事實！

可劉師傅比我想像得平靜許多，他的聲音從話筒那邊傳來，很是淡定，他說道：「我知道，她已經死了。」

這是肯定句，連個疑問句都不是！

我的內心一下子驚疑起來，劉師傅難道早就知道沈星會死？這樣想著，我的語氣忍不住暴躁了起來，如果他早知道沈星會死，為什麼不阻止？我知道我的語氣很不客氣，我小聲吼道：「你是怎麼知道的？如果你知道，為什麼不阻止？你這是欠了一條命！」

劉師傅沒有生氣，依舊平靜，只是語氣中帶著一點兒悲涼，他說道：「我這種人一向不做吃虧的事兒，我會欠沈星一條人命嗎？這丫頭……這丫頭挺好的，就衝這一點兒，我也不會讓她去死。只不過她太聰明，她瞞過了所有人。」

「那你是怎麼知道的？」我的語氣稍微平和了一點兒。

「因為她回來了，在這裡還有她牽掛的，一輩子放不下的事情。」劉師傅語氣平靜，他接著說道：「把醫院的事情處理了，回來見她吧，她沒有親人的。」

說完，劉師傅就掛斷了電話，我望著電話發呆，說不上是什麼心情，沈星死了，沈星回去了，我做為一個道士，原本不該吃驚，應該很淡定，可我就是感覺奇怪。

因為，死去的人不能打擾安寧，更別談招魂什麼的，除非是自己不願意離開，沈星是自己不願意離開嗎？

我的心有些亂，可是還有一堆事情等著我去處理！而當務之急，是我必須告訴承心哥這個消息……

沒有親人，是一件很淒慘的事情，兩天後，我和承心哥處理完沈星的後事時，天正下著濛濛的細雨。

來道別的人，是我們好不容易聯繫到的沈星的幾個朋友，在這淒淒的墓碑前，顯得有些冷清。

可沈星也是幸運的吧，至少我能感覺到每一個來同她道別的人，都是真心的難過。

在下山的路上，我問承心哥：「警察局那邊搞定了吧？」

因為沈星是非正常死亡，又沒有一個親屬來，這樣的情況當然會引起懷疑，有一個好心的醫生報了警，承心哥做為最後一個和沈星相處的人，自然少不了會被帶去問話。

承心哥低聲和我說道：「沁淮出面找了一些人，算是很快就了結了。這後事也已經辦完了，沈星應該會和我見一面了吧。」

「嗯。」我點頭低聲說道。

這也就是詭異的地方，明明我們剛剛為沈星辦完後事，轉眼卻又要和她見面，想著這感覺就很奇怪……

其實，在當晚，承心哥就很激動地衝去了劉師傅那裡，想要見沈星一面，他想親自問一下沈星，為什麼要選擇死亡？還是自殺！他想問問沈星，是否有喜歡他？

我是不贊成承心哥去問沈星是否喜歡自己的，斯人已去，知道了，也不見得是好事兒。

但承心哥還是去了，可得到的答案卻是辦完沈星的後事，沈星自然會見他。

這句話就是把承心哥支撐到現在的動力。

望著天空的濛濛細雨，其實我很是擔心承心哥的狀態，他畢竟是醫字脈，接觸亡魂一類的經驗較少，他沒有那種能徹底區別人和亡魂的覺悟，他根本不可能做到把這個生前和死後不聯繫在一起，明白陰陽兩隔就是最遠的距離！

我怕他把沈星的亡魂也當做沈星的生前，這是極不理智的，對他對沈星都不好！

山下，沁淮倚著車子在等我和承心哥，他不上去親自祭拜的原因是因為他自覺和沈星不熟，基本上不認識，也難以談得上那種緬懷的心情，他說自己不想虛偽，這理由倒是挺強大。

見到我和承心哥下來，沁淮就帶著我們離開了，直奔劉師傅的家。

在車上，我告訴沁淮，讓他先回北京，這兩天跟著我們奔波，他也累壞了，沁淮點頭答應了，但還是不放心地說了一句，讓我多陪著承心哥。

送我們到了劉師傅的家，沁淮就離開了，依舊是在劉師傅那間陰暗的小屋，承心哥幾乎是有些焦急地催促著劉師傅他要見沈星。

可是劉師傅沒有理會承心哥，而是對我說道：「準備找誰來為沈星超渡？她是自殺的，我觀其靈魂，一身的冤孽啊！」

是的，道士都是有這個本事的，能看出一個靈體是否冤孽纏身，冤孽越重的亡魂，黑色的怨氣圍繞在身上的也就越重，更有甚者，怨氣會形成鎖鏈形，鎖住亡魂，讓其輪迴不成，只能生生在這陽世消磨到魂飛魄散，可謂最殘忍的折磨。

但黑色的怨氣和紅色的戾氣還是有區別的，也只有那種帶紅色血光的靈體才會充滿了攻擊性！所以，不是說黑色怨氣纏身的靈體就是厲鬼。

劉師傅提出的這個問題，確實是一個很讓人頭疼的難題，自殺而死，非高僧不能化解其怨氣，帶著怨氣，就算入了輪迴，下輩子依舊會受盡苦難，就像這輩子你欠了多少人的因果，下輩子就會有多少人欠你。

面對劉師傅的問題，我說道：「放心吧，我已經通知了人了，沈星頭七之前，會完成她的超渡。」

而在那旁邊，承心哥有些完全搞不清楚狀況地問我：「承一，超渡！那意思是沈星也不會留在這世間幾天了？」

我有些不滿地看著承心哥：「那你是什麼意思？你是想和沈星的魂魄相處生生世世呢？還是要她留下來陪你生生世世？承心哥，雖然你不是山字脈，但好歹你也是老李一脈的人，難道你還不明白一個道理嗎？身死恩怨消，至少今生與她的恩怨是消了，來世是怎麼樣，是來世的事情！你還想怎麼樣？」

這話我是說重了，可我最擔心的卻就是這個，我必須去提醒承心哥。

面對我的責問，承心哥面無表情，望著劉師傅說道：「我什麼時候才可以再見到沈星？」

劉師傅第二次沒有理會承心哥，只是說道：「承一，你說得對啊，身死恩怨消，你不能去怪你師兄，他會愛上沈星，或許也因為他們是同一類人吧？」

同一類人？

第八十一章　褻瀆

可是劉師傅好像不願意對這個同一類人具體解釋，他有些疲憊地說道：「這涉及到沈星私人的事情，我就不多說了，在這走廊盡頭的另外一個房間，你們去見沈星吧。」

承心哥一聽，站起來就走，而我趕緊跟在了承心哥的身後，站在走廊上，我拉住了承心哥，我說道：「承心哥，我知道沈星是一個很好的女孩子，男人喜歡她也很正常！但時間終究很短，我希望你放下。」

承心哥的眼睛有些紅，是連續幾天的失眠疲憊造成的，他就這樣雙眼通紅地看著我，然後無力地倚在了牆邊，接著他因為疲勞悲傷而有些沙啞的聲音傳入了我的耳朵：「承一，如雪很完美，對嗎？所以，曾經我也對如雪動心，是有美好的感覺，但那只是動心，只是遠遠地喜歡，沒有想過要擁有！因為如雪於我，就如天邊的雲彩，很美，但是也很遠……」

提起如雪，我沉默了，承心哥描述的這種感覺在曾經見到如雪第一眼的時候，我也有，她很美，她也很遠……只是我和她是逃不過宿命的緣，就像那首歌裡唱的，起初不經意的你，和少年不經事的我，紅塵中的情緣，只因那生命匆匆不語地膠著……

我有些難過，而承心哥卻繼續訴說著：「可是，沈星於我是什麼？是我以為唾手可得的幸福啊！她很真實地存在於我生命中，不像如雪那麼遙不可及，她美麗、聰明、內斂、堅韌，我喜歡的女孩子一切的特質在她身上都有，最重要的是，我還憐惜她，當我聽到她一個人穿梭在老林子裡，我還對她好奇，人都說喜歡一個人是從好奇開始，而你在喜歡的時候依然對她好奇，會成為愛的！承一，我不知道怎麼跟你說得清楚，你知道嗎？我小時候的日子是和師傅相依為命過來的，師傅走後，那種孤寂深入骨髓……」

我抬頭說道：「我知道！」是啊，深入骨髓的孤寂……還有哀傷！

「可在這種情況下，有個你喜歡的女孩子出現，她出現讓你看到了以後不孤寂的希望，那喜歡變成深愛，不奇怪！我只是表面上不想說出來罷了，我和你一樣，孤寂太久，就怕受傷，所以才會掩飾……你不要用時間去衡量我的感情，最後一天和她的相處，一起笑，一起走街串巷，一起喝酒，一起看天，真像是夢啊，她很殘忍，在我美夢最美的時候，讓我狠狠地醒來，可是我不願意醒來，所以……所以……我想留下她，你不要和我講什麼大道理，我真的想……」承心哥說到最後，就像是自言自語的囈語，其實我很瞭解我們師兄妹五個，因為我們都有同樣的傷口，不然就不要讓我們放入感情，一旦放入感情，那就已經是極深了。

看似花心，溫潤如玉頗受女生歡迎，放縱不羈的承心哥也是一樣！

我現在說不出不可以的話，因為如此軟弱的承心哥是我第一次看見，我只是沉默了一會兒，說道：「走吧，去看沈星……我們不順，你是死別，而我是生離，可總也要面對，不是嗎？」

承心哥沒再說話，跟在我的身後，一起進入了走廊另外一頭的房間。

踏入這個房間，我想這應該是劉師傅這棟小樓裡最乾淨和溫暖的房間了吧……

小小的整齊的書架，擦得乾淨的衣櫃，擺著一些漂亮小玩意兒的寫字臺，和床單顏色很搭的，同樣是田園風格的碎花窗簾……

床上還有一個大大的布娃娃，而床頭櫃上放著一個相框，我沒有開天眼，所以也就還沒有看見沈星。

而承心哥一走進來，就有些局促不安，所以他被我摁在旁邊的雙人小沙發上坐下了。

我沒有急著開天眼，而是走過去，拿起相框，看了起來，相框裡是一張照片，照片的背景是一個山花爛漫的郊外，在照片上有兩個年華正好的人，笑得如此燦爛，其中一個就是沈星。

那個時候的她比起我們見到的她多了一分青春飛揚，她摟著照片中另外一個人的脖子，笑得那麼開心，眼角眉梢全是飛揚的幸福……

而照片上另外一個人，是個男人，長得白淨斯文，戴著一副眼鏡，比起沈星那幸福毫不張揚的樣子，他略微有些羞澀，笑容也顯得含蓄很多，在照片中，他的眼神還落在沈星的身上，一雙眼睛裡寫滿了愛與疼惜。

這樣的照片只是看一眼，就知道，照片上的兩個人很相愛。

「可以把照片拿給我看看嗎？」承心哥小聲說道。

我不知道這照片上記載的幸福對承心哥會不會也是一種傷害，可是我們是老李一脈的人，早就明白人生不是只面對好事兒的，承心哥應該不會那麼脆弱，所以我只是略微猶豫了一下，就把照片遞給了承心哥。

承心哥接過照片，有些「貪婪」地看著，只是看了一小會兒，他就取下了眼鏡，任由淚水滴落在相框的玻璃上，過了好久，他才說道：「他看起來是一個好人，他看起來很愛沈星，這就是她過不去的一關嗎？」

我沒有回答，可在這時，有一個聲音像是同時傳入了我們的腦海：「是啊，他就是我過不去的一關，他叫關銳，是我二十七年生命裡最重要的一個人，他死那一年，我們就快要結婚了。」

這是靈體特有的交流方式，還是那麼熟悉的聲音，是沈星。

在那一瞬間，我開了天眼，第一時間就看見了沈星，在我的天眼之下，她還是穿著死那一天穿著的淡米色風衣，很清爽的樣子，神情也很平靜地坐在床上。

而承心哥一聽見了沈星的聲音，就崩潰了，他一下子就站了起來，眼淚頓時滾滾地流出，接著他又頹然坐下，抱著腦袋，有些低沉地哭訴：「沈星，妳在哪兒，我看不見妳……」

我坐到了承心哥的身邊，拍著承心哥的肩膀以示安慰，我指著床邊，低聲對承心哥說道：「她在那裡，你不要激動。」

「是啊，你們兩個大孩子能不能稍微淡定些，像個成熟男人啊……特別是你啊，蘇承心，在我心裡你可不是那麼脆弱的人啊，真是讓人不省心，不安心，弄得我覺得自己傷害你很深的樣子，你是想讓我走也走得有牽掛嗎？」沈星說話了。

承心哥趕緊擦乾了眼淚，從內心來說，承心哥同樣善良，他是想留住沈星，可沈星剛才表達了要走的意思，他也不想沈星走得不開心。

我們沉默了一會兒，最終還是沈星先開口：「其實劉師傅是有辦法讓你看見我的，否則，以小小的我的能力，怎麼可能對你們如此清楚地說話？除非你們是在夢裡，我托夢！但是是我拒絕了，當我最終選擇離去的時候，我就不想你再對我多一點點牽掛，蘇承心，你明白嗎？」

承心哥搖頭，說道：「我不明白，我也不想明白！我可以讓妳重新幸福的，妳為什麼就執意要這樣選擇？」

「呵呵，其實我也不知道我這樣選擇是對還是錯，但我太知道我自己的偏激，你不要看我很理智啊，其實我骨子裡很偏激的……因為我是一個沒有親人的孩子，我是在孤兒院長大的，所以我很偏激，也很防備吧。我容不得我珍惜的感情被褻瀆。」沈星的聲音幽幽地傳來。

我沒有說話，但是我看見了她的神情一下子變得憂傷，我不打算給承心哥說明這個問題，那只會讓他更難過，況且不讓承心哥再有一點點牽掛，也是沈星的願望。

我沉默，而承心哥的聲音卻充滿了憤怒：「為什麼是褻瀆？怎麼就是褻瀆？我不懂，我真的不懂妳！」

其實，我都懂沈星的意思了，但也只因為我不是當局者，不會當局者迷。

「因為……因為我發現我會喜歡上你，或者到最後愛上你的吧。」沈星的聲音開始憂傷了。

承心哥一下子從沙發上跌落了下來，接著他死死地盯著那在他看來空蕩蕩的床，說道：「為什麼？為什麼？為什麼妳喜歡上我就是褻瀆？」

說完，承心哥激動地拿起照片問道：「因為他嗎？」

第八十二章　假如真的再有約會

面對承心哥的問題，沈星沒有迴避，而是很直接地說道：「是，因為他。在我的生命中，他既是哥哥，又是朋友，還是愛人。甚至，他還承擔了一部分父親的角色，在有他的歲月，他幾乎是我的全部。」

承心哥沉默了，沈星的話很簡單，但就是這樣幾句簡單的話，包含的感情已經是深到了靈魂！所以，承心哥根本沒有辦法去說什麼。

這是用一段長長的歲月鋪墊而成的感情，生命中又有幾個這樣的歲月？

或者，沈星只是錯在，她不願意再給自己，再給承心哥這樣的機會去鋪墊一段這樣的感情。

「蘇承心，我回來是等你的。我總覺得自己欠你一個解釋，我自私地利用你讓自己在絕望的時候快樂了一天，其實我是想給自己一個選擇的。蘇承心，可以對你說一聲，對不起嗎？」沈星的聲音幽幽地傳來。

「別和我說對不起，妳已經要走了，不是嗎？自己的感情總是要自己去收回，如果不能收回，就交給時間吧。」承心哥低聲說道。

「在我的衣櫃裡，有一本日記，承一收著吧，其它東西就一把火燒了吧。」沈星忽然這樣說道。

而我有些不解，我問道：「為什麼是要我收著？」

「那本日記記錄了我的一些事情，算是我曾經在世間來過的痕跡吧。不交給蘇承心，是想讓他快些忘記我，我……我是希望他幸福的。如果有一天，蘇承心能放下我了，你可以把這個交給他，或者把日記裡的故事說給他聽。」沈星如此對我說道。

承心哥在一旁，捏著眉心，無從反駁。

「好了，這樣的見面只是為了給蘇承心一個交待，剩下的，就讓劉師傅想辦法讓我走吧。」沈星微微一笑，平靜地說道，那笑容就如那一天，我和承心哥見到她等在門口時的笑容，那是她和承心哥第一次見面。

「是我找人來超渡妳。」我對沈星說道。

「是誰無所謂，我用生命去守護了這一段感情的完美，我累了，該放下這一世了，所以，是誰無所謂，我只知道我該走啦。」沈星如此回答我。

「不，先別走。」一直沉默的承心哥忽然說話了。

我一下子擔心地看著承心哥，難道他還執意地想把沈星留下嗎？而沈星的神情也變得有些詫異，有些哀傷。

承心哥卻不管這些，只是幾步走到了那床邊說道：「給我一個擁抱吧，給我一個擁抱，我的心不會那麼痛。或許，這一個擁抱，會讓妳最終守護的愛情不再完美，可是我執意想要，妳不欠我一個解釋，一句對不起，妳欠我一個擁抱。」

聽聞承心哥這樣說，我鬆了一口氣，我擔心地看著沈星，她對她的那段感情如此執著，她會給承心哥一個擁抱嗎？

但沈星的神情就如同在流淚，可惜她是靈體流不出眼淚，她站了起來，走到承心哥的身邊，抱住了承心哥，把頭枕在了承心哥的胸膛。

無奈，這是一個陰陽兩隔的擁抱，承心哥根本感覺不到沈星的身體，而沈星同樣也感覺不到承心哥的體溫。

可這一刻也是奇蹟發生的一刻，承心哥像真的有感覺一般伸出了雙臂，完美地回抱住了沈星，在我的天眼之下，他們就是完美地擁抱在了一起。

「這是我記憶中妳身形的樣子。」承心哥低聲地開口了。

「對不起，原諒我任性地想要去守護一段感情，然後傷害了你。如果人真的有輪迴，願下一世與你再能相遇，那個時候，我不會再錯過你。那一天的約會就當是我們未完成的約會吧，而今天的話就是我給你的約定吧。」沈星的聲音在承心哥的懷裡響起。

「嗯。」承心哥流著眼淚，卻故作輕鬆地說道：「真好，下輩子的媳婦兒竟然在這輩子就有著落了。」

我無法去形容此刻的哀傷，那陰陽兩隔的擁抱是很美，可惜在美這個字之前，它的定義是淒，淒美的東西，比純粹的哀傷更讓人傷感。

在很久以後，我無意中和承心哥一起看到了一個電視劇，當那電視劇的主題曲響起時，承心哥竟然莫名地淚流滿面，而我也總會想起這個陰陽兩隔的擁抱。

「原諒我當天不懂珍惜，只知任性壞事情。惟願你此刻可於虛空中，將心聆聽……將來若真的會有個約會未完成，真的會再有這樣深情，我願天為證……」

生命中無論是何種的哀傷，總會隨著時間而湮滅，你不能忘記，時間可以忘記，因為你會死，會輪迴，時間卻總還在，你的憂傷在時間裡不值一提，因為時間最後可以連你也忘記……

我不想刻意去勸慰承心哥什麼，情緒還能發洩，說明他還留戀這世間，才會哀傷。

當一個人面對情緒的時候，完全平靜，不是他已經得道了，那就是他——已經絕望了。

所以，我任由承心哥在這兩天天天喝得爛醉，甚至我會陪他喝，但我是絕對不會開口勸慰半個字的。

我們是同門，我們也是朋友和兄弟，而好兄弟不是說隨時勸著你理智，而是能陪著你一起傷心。

在第三天的下午，我揉著酒醒後還疼痛的腦袋，看了一眼還在宿醉沉睡中的承心哥，有些昏沉沉地去到廁所，洗了一個冷水臉。

在冰涼的冷水刺激下，我感覺好了很多，望著自己在鏡子裡還在滴水的臉，我在想，這個樣子開車去機場接慧根兒這小子沒有問題吧？

轉眼就是很多年，這些年慧根兒跟著這個師傅，那個師傅的，外加還要讀書，那是非常的忙碌！我們每次見面都很匆忙，待不了多久，更重要的是，細算下來，我有整整一年半沒見過這小子了。

從師傅他們離開，慧大爺離開，到現在已經有五年了，五年了，慧根兒這傢伙也十八歲了吧。

由於小時候，這小子過的日子比較純淨，所以也就比較晚熟，我總想起這小子十三歲時，見到我，還習慣往我身上蹦的樣子，想著，就忍不住笑了。

另外，劉師傅對沈星也算很有感情的吧，為了沈星的超渡，特地把他女兒施術的時間都推後了幾天，他還告訴我，他的女兒也為沈星的去世，流下了眼淚。

是啊，人非草木，孰能無情。

就算生活在煉獄的人，一樣是有感情，有哀傷的資格的，只要他（她）還是人！

快點去接慧根兒吧，在我心裡恨不得今天晚上就能超渡了沈星，這樣對沈星是最好的，冤孽纏身可不是什麼好事兒。

也許是冰涼的冷水讓我清醒，也許是沿途的微風讓我清醒，總之一夜宿醉之後，我竟然能平穩地把車開到機場，我是應該感謝沁淮借給我的車性能太好嗎？

在機場隨便買了一份雜誌，我隨便找了一個地方坐著，等著慧根兒。

估摸著時間快到了，我就一直在張望著站口，可是我東看西望的，就是沒有看見慧根兒，這慧根兒難道……？我微微皺眉，這次也是聯繫不到行蹤飄忽的覺遠，我才想著聯繫慧根兒的，其實我不想耽誤他的學業，但這小子是在放我鴿子嗎？

就在我瞎猜的時候，忽然就眼前一花，在我還沒反應過來的時候，一個身影就撲向了我，然後是一個緊緊的熊抱，我差點被勒死。

當那個身影放開我時，我愣住了，慧根兒？

第八十三章 雙面

看著慧根兒，我先是發呆，然後怒火跟著就「噌噌」地往上竄，下一刻毫不猶豫地一個巴掌就拍慧根兒腦袋上了：「像什麼樣子，把腦袋上那塊破布給我扯了。」

慧根兒一聽，很是委屈地摘下墨鏡，異常無奈地看著我，說道：「oh，no，哥，你不是吧。」

是的，我一開始懷疑這小子不是慧根兒，但他摘下墨鏡以後，我知道不會錯了，這不是慧根兒那臭小子又是誰？十八歲的他早已經不是什麼小圓蛋兒了，以前一張圓呼呼的臉，已經變得清俊，只是顯得有些青澀。

可是五官不會變，大眼睛顯得很是清亮，中正圓和的濃眉讓這小子顯得不是那麼飛揚，鼻子依然很挺，嘴挺小，嘴皮子上面已經有一些稀稀拉拉的鬍渣。

目測他已經有一米七五左右，要不是改不了以前一見我就往我身上蹦的毛病，我簡直在這小子身上找不到一點兒熟悉的感覺，跟個痞子似的。

他咋打扮的？頭上包塊布，上面還有星星，要不是個男的，我準問他，你是不是做月子了？

戴一副蛤蟆鏡，一隻耳朵上掛兩個圈圈，一隻耳朵上啥也不掛，脖子上掛一個耳機，身上穿一件大T恤，上面一個鉤鉤，我認得，那是耐克！

接著下面穿一條牛仔褲，我也不知道是啥牌子，總之那褲襠快掉到膝蓋上去了。

腳上穿一雙球鞋，感覺五顏六色的，我瞄了一眼，唔，也還認得，李寧吧。

這就是慧根兒出現在我眼前的形象，我怎麼可能不發火，估計慧大爺看見鬍子都得氣飛起來！

但面對我的要求，這小子竟然跟我說一句oh，no！一句英文說出來還帶著陝西味兒，我都快氣笑了，我對他說道：「什麼漏不漏的，就兩選擇，第一，你把你腦袋上那塊破布給我摘了，然後跟我走。第二，你不摘，我轉身就走。你自己選吧？」

慧根兒無奈地聳聳肩，還是把頭上那塊破布給摘了下來，露出了他那圓溜溜的光頭，總算讓我看到了一絲小圓蛋兒的影子，接著他對我說道：「哥，你是不是嫉妒額太酷咧？」

「哦，你這身倒貼給我一萬塊我也不會穿。」我故意冷著臉說道。

慧根兒還待說什麼，我們身邊走過兩個女的，盯著慧根兒的光頭，竊竊私語地笑了，慧根兒倒不介意，揮手招呼道：「嗨，美女……」

兩個女的頓時大笑起來，一個看起來比較奔放的時髦女子也跟慧根兒揮手打了個招呼，說道：「嗨，小帥哥。」

慧根兒頓時咧嘴笑了，跟臉上開花了似的，我無語，要不是慧大爺一樣很猥瑣，我會懷疑慧根兒是不是已經還俗了，乾脆一把攬過慧根兒，摟著他的脖子把他拖出了機場。

在車上，我戴著墨鏡開著車，而慧根兒一路上都在和我說：「這車好酷，這車好酷……」

我發誓我對酷這個字已經煩到了心底，直接說道：「什麼酷不酷的，這可不是你哥的車，是你沁淮叔叔的車。」

「額就說嘛，就衝哥你那土氣樣兒，能欣賞寶馬車？你就適合開個桑塔納咧。」慧根兒在旁邊一邊搖頭一邊說道。

我發誓，我要不是在開車，我能掐死這小子。可事實上，他還真說對了，我的車就是桑塔納，但是桑塔納招誰惹誰了？我×！

見我不說話，慧根兒評價了一句：「哥，你耍酷吧？難道你也喜歡模仿謝霆鋒？」然後就準備戴上耳機聽歌了。

「謝霆鋒誰啊？」很出名嗎？我還模仿他了？

「不是吧，哥，你有那麼土嗎？少年古惑仔啊！浩南啊，你不知道？《前前後後，左左右右》很酷的歌啊，我太低調，便令世間太寂寥，是嗎？你確定你沒聽過？」慧根兒一臉吃驚的樣子，還唱了兩句粵語給我聽，無奈他那陝西味的粵語，我實在是聽不出來他唱什麼，就聽見個是嗎？

另外，他扯了一堆人名兒，我也不知道是誰？我開始自我懷疑，難道我真的很土？

我發現我和慧根兒找不到話題了，只得問道：「你腳上穿那個花花綠綠的是什麼？男孩子的鞋不能素淨一點兒？」在問這話的時候，我覺得我是不是該和慧根兒談談，或者讓他留在我身邊一段日子？我怕慧根兒會在學校被社會的習氣汙染了他的一顆佛心。

「哥，額真的服了你咧，現在球鞋不花花綠綠的能好看嗎？這是時尚。」慧根兒一副不屑和我說話的樣子了。

好吧，時尚！事實上在一年後的奧運會，李寧推出了一款更花花綠綠的鞋子，助陣中國體育健兒，那款鞋子叫蝴蝶鞋，在當時更是風靡一時，也在那時，我被覺遠和慧根兒天天盯著催促著，要給他倆一人弄一雙。

我把車直接開去了劉師傅那裡，停車後，慧根兒首先背個挎包就下了車，他戴著耳機在聽歌，走路就跟安了彈簧似的，一蹦一跳的。

看得我又是一陣心緊，走過去，一把摘了他的耳機，吼道：「好好走路。」

慧根兒又用誇張的表情對我說道：「oh，no！哥，額發現額和覺遠老師才能找到時尚的共鳴，而你，就是封建社會的殘餘。」

時尚的共鳴？覺遠？我腦子裡浮現出覺遠不停地整理衣服，假裝不經意卻又得意地告訴我那是邦威的表情！我×，那是時尚？

封建社會的殘餘？我？要不是想著這在劉師傅樓下，我一定會抽這小子一頓，但家醜不能外揚，我忍了，就是給了這小子腦袋一巴掌。

他分外「幽怨」地看了我一眼，倒是不敢裝「彈簧人」了。

到了樓上，依舊是那間房間，劉師傅以萬年不變的姿勢坐在那張桌子背後，我領著慧根兒進去，還沒來得及說話，就聽慧根兒說道：「旁邊那房間的人，好大的怨氣，而且生氣單薄！如果不在有生之年化解，陽壽一盡，那就慘咧。」

劉師傅神色一變，問我：「承一，你旁邊那個奇形怪狀的小傢伙是誰？」

我又一次還沒來得及說話，慧根兒已經衝上前去了，一拍桌子吼道：「老爺爺，你看清楚，額這叫時尚，不叫奇形怪狀！」

劉師傅一愣，估計他也是和慧根兒口中說的我一樣，是那種和他找不到時尚共鳴的人，所以他也呆住了，不知道怎麼應對。

我特別不好意思，把慧根兒一把拖到身後，然後說道：「你就在這站著，沉默。」

慧根兒一吐舌頭，皺了皺鼻子，倒也沒有反抗。

然後我才對劉師傅說道：「這是慧根兒，我叫來超渡沈星的人。」

「他？」就衝慧根兒的打扮，劉師傅顯然不怎麼信服慧根兒，要不是剛才慧根兒路過劉師傅女兒的房間，感覺到了怨氣，以劉師傅那怪異的脾氣，能不把慧根兒轟出去。

但慧根兒是誰？是我弟弟，從我認識他那一刻開始，我就一直很疼惜他，我容不得別人懷疑他，就當是我護短吧，我對劉師傅說道：「劉師傅，他是慧覺的徒弟，唯一的徒弟，天分極高，超過我。」

果然我的話讓劉師傅的神情放鬆了下來，他沉默了一會兒，然後說道：「那就讓他試試吧。」

慧根兒這小子根本就不在乎劉師傅是否懷疑他的能力，只是看著我說道：「哥，這次要額超渡的是一個自殺的人，對嗎？」

我點頭！

慧根兒不再多言，就在這個房間裡，脫掉了他的大T恤，扯掉了耳環，我這時才發現他那耳環是那種扣在耳朵上的，並不是說他真的去打了耳洞，一開始我本想說這個問題的，我不太懂佛門的規矩，但我總覺得打耳洞貌似不合佛門的規矩。

可這小子沒有，我從心底感覺到高興。

但我和劉師傅都弄不清楚慧根兒到底要做什麼，他倒是很淡定地從他隨身的包包裡，拿出了一件僧袍，穿戴整齊後，又拿出了一串掛珠，掛在了脖子上。

「阿彌陀佛。」慧根兒穿戴好以後，唱了一句佛號，整個人顯得仁慈又莊嚴。

一聲佛號，竟然讓整個房間都充滿了淡淡的祥和氣息，這就是慧根兒的念力！

第八十四章　沈星的故事(上)

慧根兒的表現無疑讓劉師傅吃驚，行家一出手，就知有沒有，慧根兒這一聲佛號，劉師傅顯然是感受到了什麼。

我很自豪，我當慧根兒是我弟弟，相比於我那種把自豪掛在臉上的不淡定，慧根兒則淡定許多，這讓我恍惚有一種錯覺，慧根兒這小子在修心的境界上比我高多了，已經到了寵辱不驚的地步了。

承認了慧根兒的能力，劉師傅自然是讓慧根兒去超渡沈星，這種超渡是不能打擾的，我和劉師傅索性就在這間陰暗的小屋裡，泡上了一壺香茶，一人一杯，聽著慧根兒隱隱約約傳來的誦經聲，就著茶，竟然有一種內心的安寧。

整整四十分鐘，我和劉師傅沒有說一句話，一壺茶還剩小半。

直到慧根兒的誦經聲停止以後，劉師傅才歎了一聲：「這小子不錯，這誦經的念力不在你我身上，可是都能讓你我的心安寧靜謐，去除浮躁。」

我微微一笑，端起茶杯，抿了一口，這種誇讚給慧根兒，這小子是當得起的。

不到兩分鐘，穿一身僧袍的慧根兒回到了小屋，唱了一聲佛號，臉上帶著悲憫的表情。

「如何？」劉師傅開口問道。

「自殺的冤孽當然是渡不盡的，可是渡她入輪回卻是沒有問題，只怕下一世會徒增許多情傷，願她下一世能悟透放下，別再做那癡男怨女。」慧根兒此時哪裡像一個少年，一舉一動，一言一語，分明就是一個得道高僧。

劉師傅發了一會兒呆，說道：「也好，受些情傷，未免不是最好的煉心之火，能放下悟透，反而是一個大機緣。」

「劉師傅，我想問你一件事兒，你那天下午說處理一件事，如果我沒猜錯，是處理關銳吧？他怎麼樣了？」我還沒有翻開沈星的日記，但是我就是隱隱能猜透，那天劉師傅處理的是關銳。

「原本就是強留他，他該入輪回的，放開束縛，自然就走啦。」劉師傅輕描淡寫地說道，顯然他是一個比較尊重他人的人，對於他人的私事，是真的不願意多談。

不過就從他的隻言片語裡，我已經猜測出來了一些訊息，需要走入輪回的靈體，不管它是不是願意，那是必須輪回的，除非用一些祕法強留，劉師傅顯然施展了這樣的祕法。

我沒有就這個問題再多言，而劉師傅望著我說道：「明天吧，明天我就會施展祕術，我需要你的幫忙。」

我知道劉師傅指的是關來娣的事兒，我點頭，算是應承了。

其實劉師傅能拖到明天，已經是對沈星仁至義盡的表現，畢竟沈星的靈體在這裡，是會影響祕術的施展的，搞不好，後果會很可怕……

在車上，我問慧根兒，這一次準備待多久。

這小子掰著手指頭跟我算，覺遠師傅同意了，慧大爺的師弟同意了，學校原本在六月末的期末考試，被他提前十天考了，所以他要和我待一個暑假。

我心裡高興，可是面上還是虎著一張臉，說道：「怎麼你的期末考試比別人提前十天？你沒扯淡吧？」

慧根兒看我一眼，說道：「哥，額不是吹牛，就以額的成績，十天半月不去上課，老師都不會怪額！提前一個考試算嘛事兒？」

「好吧，到時候我會打電話問你老師。」我故意這樣說道。

慧根兒哈哈一笑，說道：「去問咧，哥，你會為額自豪的。」

臭小子，其實剛才我就挺為他自豪的！

和慧根兒一起回到賓館，已經是黃昏時分，夕陽紅得如火，照在賓館的房間，也映照著一個頹廢的身影，是承心哥！

這些天，他彷彿一刻也不想自己清醒，醒來了就會喝酒，此刻也是一樣，他坐在床下，衣衫不整，手裡還捏著一罐啤酒。

聽到我們回來的腳步聲，他頭也不抬，只是說了一聲：「回來了？」

我沒說話，倒是慧根兒幾步上前去，一下子搶了承心哥的啤酒，說道：「承心叔，你可不能再喝了，再喝額就跟著你喝。」

慧根兒沿用了我在四川的習慣，就比如在四川，親兄弟，弟弟和哥哥之間年齡相差較大，他管自己哥依舊叫哥，哥的朋友就一律叫××叔叔，說實話，慧根兒對我這些朋友，我的同門都挺有感情的。

承心哥有些迷茫地抬起頭，我敢打賭他一定沒有認出來這個潮流少年是慧根兒，他愣神看了好半天，才認出了慧根兒，他不敢喝酒了，再怎麼，他也背負不起讓慧大爺的弟子破酒戒的罪名。

只是看見慧根兒，承心哥的臉色還是沉了下去，他拉過慧根兒，手放在慧根兒的光頭上，問道：「她走了嗎？」

「走咧。」

「走得安心嗎？」

「有額的渡化，走得挺安心的。」

「唔，那就好。」承心哥的眼裡是說不出的哀傷。

慧根兒搖搖頭，評價了一句：「癡男怨女！」

我無言，只是對承心哥說道：「你如果覺得承受得起，隨時可以問我要沈星的故事，我會去看那本日記。」

「她走了，都走了！那麼，明天吧，明天我一定會好，你今天晚上去看吧。總之，我都是要重新堅強的生活的，就算開始假裝堅強也好。」承心哥如此對我說道。

「好！」望著漫天的夕陽，我如此回答承心哥。

是夜，奔波了一天，又超渡了沈星的慧根兒早睡了，承心哥連日的醉酒，在今天沒有喝酒，倒也睡得很早！而我，則獨自在燈下，終於翻開了沈星的日記。

日記裡面的字跡娟秀，卻十分有力道，就如沈星的人站在我的面前，內秀而堅韌，字如其人！

這是一個漫長的愛情故事，是沈星在失去了關銳的日子開始記錄的，有每一天的傷心，還有每一天對往事的回憶，通過這些，完整拼湊出了她和關銳的愛情軌跡。

其實，一開始，我對沈星死前的做法是頗有微詞的，畢竟承心哥那麼痛苦，看完這本日記後，我卻忽然有些理解這個女孩子了。

一篇篇地翻著這本日記，我覺得這個愛情故事真的很美。

十三歲，在孤兒院生活的沈星，就已經認識了在附近居住的關銳，因為在那一年，是關銳主動問沈星，妳叫什麼名字啊？

是的，他們相遇得很早，每一天上學的路上，他們總是會遇見，那個時候的關銳總是會對著沈星靦腆地笑笑，這一笑就是兩年。

直到兩年後的十三歲，關銳才第一次給沈星打招呼。

那一年，關銳十五歲，沈星十三歲，他們的認識也就是從那一年的那一天算起！也就是那一天關銳知道了沈星是個孤兒……

這是一條簡單的上學之路，卻也是一段漫長的歲月，關銳在知道沈星是個孤兒以後，每一天上學的路上，總會塞給沈星一個熱呼呼的雞蛋，放學的路上，他也會約著沈星，只是為了隔三差五在她書包裡塞一點兒零食。

這只是一個男孩子最初最純淨的同情心，無關愛情，卻美得讓人心顫。

孤兒院的日子不足與外人道，苦澀總是占多數，沒人領養就更是淒慘，何況是那個一次有一次拒絕別人領養的沈星？受到的苦楚更多！

她在日記裡記錄著，她有自己的堅持，對父母溫暖的嚮往，她可以自己活著，而不是忘記自己的父母，去認別人為父母，那是她自己不能允許的背叛，所以她才會一次又一次的拒絕領養。

這是不可思議的倔強，因為她去到孤兒院時是四歲，那一年她的父母車禍身亡！而巧合的是她的父母也是孤兒相互結合，她沒有任何的親戚，只能進孤兒院。

在那個時候，她已經對自己的父母有了感情和認知，並牢牢記在了心裡。

所以，她會做出這種選擇。

這就是沈星骨子裡極端的地方，她把感情的承諾看得太重，容不得一絲瑕疵，任何可以理解的情況，都會被她視之為背叛！

總之，在那個時候，關銳是小小的沈星唯一的溫暖！像她天空裡的太陽……

第八十五章 沈星的故事(下)

沈星和關銳說不上誰先喜歡上誰，那不是一見鍾情式的轟轟烈烈愛情，而是掩藏在歲月中的細水長流，溫暖溫和地直指人心。

十八歲那年，關銳考取了北方的一所大學，他要離開家鄉了，在臨走的前一天，他約出來了沈星，兩人走上熟悉的小巷，因為各懷心事，一時間竟然都沒有說話。

最終，他們來到了一棟老舊平房的屋頂，關銳的家以前在這裡，曾經關銳告訴沈星，他心情不好的時候，就會來這屋頂，看天，看遠方，在相識以後的歲月他也常常帶沈星來這裡。

他們很純潔，在這個屋頂發生的所有故事，無非都是關銳如何鼓勵沈星去面對孤兒院的種種難過與悲傷。

這一天，是兩人心情都不好嗎？竟然在分別的前一天，都不約而同的選擇來到這個屋頂。

第一次，關銳在上屋頂之前，買了一些小零食，還有兩瓶啤酒。

「這是為我考上大學慶祝的，也為妳考上高中慶祝。」關銳打開了啤酒，遞給了沈星一瓶，他是這樣說的。

沈星淺淺地喝了一口啤酒，那是她第一次喝酒，這帶著泡沫的，有些苦澀的液體順著喉嚨滑進胃裡，就連心也跟著一起苦澀起來，這感覺很奇怪，也很讓人沉迷。

沈星說道：「就為你大學慶祝吧，我是不會去讀高中的，孤兒院只會撫養我們到十六歲，我會去讀師範中專，不收學費，還有補貼，畢業還能包分配，這些我早就想好了……」

孤兒院的孩子早熟得讓人心疼，沈星比起他們更加早熟，她早就在一筆一劃規劃自己的未來了。

她很明白，在孤兒院對於前途是沒有什麼選擇的，她優秀的成績只是為了讓自己能考上最省錢的地方。

那個時候考中專比考高中難許多。

「不就是三年嗎？」關銳喝了一大口酒，忽然認真的對沈星說道：「高中的學費不高的，妳那麼省，生活費也要不了多少的！讓我來供養妳讀高中吧，妳不要放棄大學，妳成績那麼好。」

「不，你怎麼可能負擔得起？」沈星的心裡感動，可她還是拒絕了，幾年的歲月下來，她信任關銳此刻是真心的，可她是一個沒有安全感的人，她自己會固守著感情不能背叛的原則，可是偏偏她卻認為這世間的人都是易變的。

她會記得關銳的好，但她不敢把自己的未來壓在關銳身上。

面對沈星的拒絕，關銳很是激動，他大聲地告訴沈星：「是可以的，大學生每個月都有學校的補助，還可以有很多辦法賺錢，加上我自己的生活費，節約一點是可以的。」

「不……」沈星還想拒絕。

可是關銳在此刻已經喝下了半瓶啤酒，第一次喝酒的他情緒顯得有些激動，不能自已，他一步跨上前，雙手搭在了沈星的肩膀上，他臉有些紅，聲音有些顫抖地對沈星說道：「不要拒絕我，我只是想以後的以後，都一直和妳在一起，而從現在開始，我長大了，我爸爸曾經對我說過，男人有保護女人，負擔一個家庭的責任。我只是……只是在心裡已經把妳……把妳當成了家人，我……想從現在就開始……」

關銳沒有說話了，他放在沈星肩膀上的手都在微微顫抖，這是他第一次對沈星做出如此「親密」的舉動，這一段連半個喜歡都沒有的話，就是他的表白。

沈星在日記裡記錄，這沒有我喜歡妳，我愛妳的表白，是她在這世間聽過最動聽的表白，而在那一夜，他的眼睛是那麼的清亮，那麼的真誠。

他們原本就互相喜歡，礙於年紀小，都沒有說穿這一件事情，愛情總是最打動人心的，就連心裡有著一道厚厚城牆的沈星也不能拒絕，她在那一刻，低頭小聲地說了一個字：「好。」

這一個好字背後的意義是巨大的，因為它代表著，沈星把自己的命運從此壓在了關銳的身上。

得到這一個好字的關銳非常激動，他明白這也是沈星要和他在一起的承諾，他終於忍不住淺淺擁抱了沈星一下，很快就放開了，這是他們那時的愛情，也是他們第一次如此親密。

那一年，關銳十八歲，沈星十五歲。那一年，是一九八八年。

接下來的歲月，沈星毅然選擇了高中，而被孤兒院警告他們是不能負擔沈星高中的學費的，因為孤兒院的孩子太多，他們的經費有限。

沈星和孤兒院的人談，她說無論是學習還是生活，她不會讓孤兒院負擔一分錢，她還會幫孤兒院幹活，只求有一個住的地方就行了。

那是一段相依為命，相濡以沫的歲月，儘管那時的沈星和關銳在一定意義上，只是兩個小孩子，可他們卻當得起這兩個詞。

同時，那也是一段苦澀卻充滿了奮鬥旋律的歲月。

在那段歲月裡，沈星每一天除了應付高中的課程，還有大量的雜活要做，她把自己的生活節省到了極致，以至於大好年華的姑娘，竟然面黃肌瘦，有些營養不良的樣子。

而她覺得自己不苦，因為在關銳的「承擔」下，她未來的生活多了那麼多希望，甚至可以上大學，而她也有自己的快樂，就比如每一次收到關銳的來信，和給關銳寫信的時候。

關銳每一個月都會給沈星寄錢，從他上學的第一個月到沈星讀完高中的三年，從來都沒有間斷過。他總是囑咐沈星，不要太虧待自己，要好好吃飯，才有力氣學習，他說——他能賺錢。

沈星依舊節儉，她不想大學時還成為關銳的負擔，她要把省下的錢做為大學的入學費用，她不想欠著大學的，她可以欠著關銳，因為她決定了要用一生去還關銳的情分。

三年裡，沈星沒有見過關銳一次，因為關銳的寒假，暑假都在忙碌，他要賺錢，他沒有時間回家。

他們之間唯一的橋樑就是那一封封書信，到沈星高考完畢的時候，那一疊書信已經累積到了九百封，幾乎是每兩天就有一封，甚至有時候一天會收到兩封。

這些信沈星都留著，在清理她遺物的時候被我燒了，因為沈星說過，一切都一把火燒了，只留下這本日記就好。

其實，留下這本日記的原因，我很明白，那是給承心哥的一個解釋。

故事還在繼續，苦盡總會甘來，在沈星高考完的那一個暑假，關銳終於回來了，他沒有告訴任何一句關於父母責備不回家的話給沈星，他記掛著沈星的高考成績。

可是他們見面的第一句卻是一樣的。

「妳瘦了。」

「你瘦了。」

說完，他們彼此都笑了，是的，他們都瘦了，關銳比起讀大學之前是變得又黑又瘦。而沈星則是因為營養跟不上，變得又黃又瘦，連頭髮都顯得有些乾枯。

可他們在彼此眼裡，卻依舊是最美好的人！

接下來的故事是甜蜜的，沈星考到了關銳所在的城市，和關銳所在的大學離得很近，而關銳則在大學的最後一年，卸下了重任，考上了研究所。

大學的生活依舊清苦，可再苦也苦不過那一段過去的歲月，可是當歲月過去以後，那三年卻是他們記憶中的寶石，爍爍生輝，是他們感情最牢不可破的堅定基石。

接著就是一些瑣碎的生活，雙雙畢業，雙雙回到家鄉，雙雙的工作都很出色，還有關銳的父母也很喜歡內斂而堅韌的沈星，他們訂婚，他們準備結婚……

看到這裡，我有些不敢看下去了，因為結局我已經知道是有多麼殘酷，可是我歎息了一聲，還是選擇看了下去。

就在沈星和關銳準備結婚的那一年，九七年，關銳病了，是不治之症——淋巴癌晚期。

在關銳最後的生命裡，是沈星無怨無悔的陪伴，盡心盡力的照顧，還有不顧一切想找到治療辦法的奔波。

可是這一切，再真心，再珍貴，也留不住關銳的性命，就在離他們十月婚期還有一個月的時候，關銳去世了。

那一天，沈星的眼淚掉得無聲無息，她只是對關銳說道：「你再等一個月，我就可以嫁給你了。」

第八十六章 一個告別

關銳在沈星的生命中消失了，沈星感覺自己幾乎失去了生命的全部，她覺得自己沒有陪著關銳去死，是因為還掛心關銳的父母。

直到有一天，關銳的父母把沈星「趕」出了家門。

那不是惡意地要趕沈星出去，而是兩個善良的老人覺得沈星對自己的兒子已近「走火入魔」，會毀了她以後的生活的，所以硬著心腸，忍著悲痛，不再接受沈星的照顧，生生地把她「趕」了出去。

在那個時候沈星覺得自己的生命是要走到盡頭了，可是她所在公司老闆的一句話卻帶給了她新的希望。

那是一次賭氣般的爭吵，因為沈星已近要放棄自己的生命，所以什麼也不在乎了。

可也就是因為那一次爭吵，她無意中聽到了老闆說出那麼一句話：「人生總是有不如意的時候，妳想事事如意，去鬼市啊，省得妳在公司要死不活的樣子，去鬼市啊，把妳男人找回來。」

沈星的公司是一家極大型的跨國公司，老闆的發家經歷神祕又充滿傳奇的色彩，那個老闆看中能幹的沈星，也許在他眼裡為一段感情放棄大好前途，工作也不上心的下屬是極其「可恨」的，賭氣般地吼出了這句話。

也許普通人不會把這句話當真，或者想像中的鬼市無非就是一個交易市場，根本就不會上心，但是沈星上心了，她是一個聰明的女人，她知道一些老闆發家之後的故事，太過於傳奇，她隱約就推斷出了，這一切與鬼市有關係。

接下來，是一段漫長的尋找歲月，整整半年，沈星都在尋找老闆口中所謂的鬼市，她是一個聰明的女孩子，在那半年內，她的聰明更是發揮到了極致，本是隱祕無比的鬼市，竟然真的被沈星打聽到了所在！

細節不用詳細的說明，總之，沈星歷經千難萬苦，總算是去到了鬼市，在那裡，她通過十年壽命的代價，換來了重要的線索。

根據線索的提示，她找到了劉師傅，又借出了十年的壽命，給劉師傅的女兒續了一年的命，她終於找回了關銳！

劉師傅用祕術招來了關銳的魂魄，並且告訴沈星，關銳其實該入輪回的，因為他不是孤魂野鬼，已經快踏入輪回，他的祕術是一種欺騙的手段，關銳的魂魄必須有一個陽身承載才能騙過天道。

而且最多兩年，關銳就必須離開，否則他永世再無輪回的機會。

最後的結果是什麼？是關銳的魂魄見到了沈星，表示願意再陪伴沈星兩年，而沈星用自己的身體承載關銳的靈魂。

在這段歲月，是一段痛苦的歲月，你無法去想像那樣的相處，兩個相愛的人共用一個身體，近在咫尺，卻連擁抱都不可能做到，在這段歲月裡，關銳勸沈星最多的就是放下自己，重新生活。

而沈星總是笑著敷衍，其實在心底早就已經下定決心，關銳的靈魂一旦離開，她就會跟隨著離開，就算不能相遇。

因為劉師傅給沈星舉過一個例子，人與人相遇是看緣分的，如果你們的緣分在這輩子就了結了，那就算再深的感情下輩子也不會相遇，不是說你情深深似海，就一定能彼此遇見的。

沈星想離開，只有兩個原因，第一是今生今世，絕對不負關銳。第二，沒有了關銳的世界還有什麼意思？

這讓我想起了第一次見沈星的場景，難怪我感覺不到鬼魂的存在，原來它在沈星的身體裡，這種連天道都可以欺騙的祕術，欺騙到我也是正常。

而她那怪異的笑容，是她的身體裡，兩個靈魂在對話！而她為什麼在後來又會敏銳察覺到我靈覺強大到不可思議，那是因為她身體裡有一個真正的鬼物。

在很小的時候，我聽我媽給我說周寡婦的故事時，就知道鬼物有一雙不同於人類的「雙眼」，它們能看見一些特別的！

但無論如何，這是發生在城中何等詭異的事情啊？一個身體裡藏著兩個相愛的人的靈魂！

但就算這樣的相處也是不能長久的，沈星以為可以兩年，但是靈魂是要和身體契合的，這要看命格什麼的，顯然，沈星的身體對關銳來說並不是那麼契合，他每一天都過得難過，隨時會再入輪回，是他悄悄懇求劉師傅不要告訴沈星，用祕術留住自己，他覺得沈星沒有放下自己。

可有一次，這樣的對話卻被沈星聽見了，當然，她聽不見關銳說什麼，她只能聽見劉師傅一個人的自言自語，可她總歸能判斷出來發生了什麼事兒，她聽見了不小心就會魂飛魄散的字眼。

那是她要帶我們出發的前一天。

在那個時候，沈星就決定要讓關銳離開，可以說，和我們一起上路，是她規劃的生命中的最後一站，她是如此的堅決。

而我看見的她和劉師傅的對話，就是她在詢問劉師傅這件事情，已經談話到尾聲，被我聽見了。

在日記的最後，有一段沈星寫給承心哥的話，那才是沈星真正對承心哥的交代。

蘇承心：

如果有一天，你看完了這本日記，也許就能理解我為什麼這麼做了。

可能你唯一不能理解的是，我既然決心去死，為何又要貪婪地決定和你快樂一天，這是我在詢問劉師傅以前就做好的決定，和你快樂一天。

其實對於這個問題，我不能完整回答你，因為這個世界有一件最沒道理的事情，那就是一見鍾情的事情。

那不是建立在外貌或者外在條件上的事情，而是有那麼一個人，他出現，你就是心跳。

我是愛關銳的，我們的感情經歷了時間，經歷了苦難，它從來不轟烈，但它有著堅實的基礎。

我對你，是一見鍾情嗎？我想也許不能用情字，因為我的愛情已經給了關銳，我只是第一眼見到你，就會心跳，那是動心吧？或者，我要是不結束生命，就註定有一段真正的激烈的愛情？是一見就已經決定彼此那種嗎？

我不知道，我很矛盾。

可無論如何，我不能褻瀆我和關銳的愛情，褻瀆他對我深深的付出。

可是，我還會幻想和你開始新的生活。

有時，想想自己這樣算不算一個壞女人？我總覺得是的吧……在我的生命裡，怎麼可以愛上除了關銳以外的男人？

不，不，我不能接受！

可是，生命重新開始，會很美好嗎？

我不知道，不知道……

這一段話就如此凌亂地結束了，因為主人的心情很亂，所以這一段話連字跡都有些凌亂，不同於沈星前些日記那樣整潔乾淨！可以看出來直到最後，沈星都還沒做出任何的決定……

一見鍾情的動心，那的確是很難以抗拒的感覺，人，可以理智，可以自我控制能力很強，但是人的感覺怎麼可能自我控制得了？

而相對的，是那段相濡以沫在歲月中的愛情，在那樣的愛情面前，又要怎麼褻瀆？

保持這段愛情的完整，或者，開始新的幸福的生活……？

我拿著這本日記，設想自己處在這樣的情況下，又該怎麼決定？可惜，我真的想不出來，只能說在那個時候，任何的決定都充滿了偶然的因素，根本不能事前就給出答案。

第二天的清晨，我和承心哥蹲在階梯上，望著漫天的朝霞，都在沉默。

在這之前，我已經把沈星的故事，還有最後沈星的那一段話也告訴了承心哥。

接著，換來的就是這樣的沉默。

「真的很難選擇啊，關銳很好，很好……」首先打破沉默的是承心哥。

「怎麼？是後悔插入別人的完美愛情了？」我問道。

「沒有啊，沈星第一眼見我心跳，我第一眼見她，何嘗不是有特別的感覺？若不是如此，就算她再優秀，我愛上她也不會那麼快吧？」

「真沒道理，還兩個人同時一見鍾情呢！」我說道，可是心裡卻老是想著如雪，想著那一句，相識非偶然，一見已相牽，我自己又何嘗不是？

「沒道理也好，有道理也罷，她已經走啦。」

「那下輩子還想遇見她嗎？還是把機會讓給關銳？」

「能一見鍾情的人，是多少世的累積啊，我和沈星才是下輩子要在一起的人，我不會讓給任何人。我……我只想早一點見到她，給她關銳給她的溫暖。」承心哥認真地說道。

我詫異地望著承心哥，而承心哥卻認真對我說了四個字：「只多不少！」

第八十七章 偷樑換柱

上午十點，我來到了劉師傅的家裡，在今天我是答應幫他施展祕術的。

承心哥留在了賓館，或許他沒有什麼心情去遊玩，但還是答應我等到慧根兒醒來，帶他到處去逛逛，我想慧根兒是佛門弟子，修心的境界應該比我都高了不止一籌，但願藉著遊玩之名，慧根兒能給承心哥帶來安慰，撫慰一下承心哥內心的傷痛。

在那棟小樓裡，關來娣的家人一早就在那裡了，關來娣也在其中顯得有些傻乎乎地坐著，至於劉師傅我是第一次看見他下樓，見我來了，他柔聲說道：「來娣，承一，跟我上樓去吧。」

關愣子一聽，一疊聲地催促著關來娣快點上去，他應該知道了，這一上去，是兩年見不到女兒，可他那樣子，根本就不在乎，因為劉師傅是承諾事情成功之後會給他們五十萬，他等著要錢。

而那個婦人的眼睛紅彤彤的，顯然她是捨不得和擔心關來娣的。

至於另外的幾個小孩子根本不知道發生了什麼事兒。

我沉默著走在了前面，說實話，我根本不想多看關愣子一眼，他是我這輩子見過最討打的人，我怕我克制不住想抽他一頓的衝動。

關來娣在劉師傅叫她以後，有些呆地「哦」了一聲，我忍不住回頭看了看，她站起來，竟然沒有在關愣子的催促中慌著上樓，而是把每個妹妹都摟了一下，說了一句：「姐姐不在，妳們要聽媽的話啊。」

那是我第一次看見關來娣表達自己的心中的意思，那一瞬間，我有些恍惚，覺得關來娣或者不傻？但誰知道呢？

關來娣跟在我和劉師傅的身後，有些怯怯的，然後我們進到了劉師傅女兒的房間，這是關來娣第一次來這裡，而我是第二次。

劉師傅的女兒在房間裡沒有發出任何的聲息，估計劉師傅在事前已經做了處理，而房間除了那一張床，傢俱早已被搬空（原本也沒什麼傢俱），難道是如此虛弱的劉師傅做的？我搖搖頭，沒有就這個問題多想。

整個房間裡畫著一個巨大的陣法，幾乎占滿了房間的所有位置，而劉師傅已經佈置好了法壇，法壇就在陣法的中央，這是一個複雜的大術，開壇佈陣就必須的。

因為此術是逆天之術，上表天聽是一定的，光是這個過程就會耗費很久的時間。

關來娣怯怯地站在房間裡，劉師傅對關來娣說道：「去那邊躺下吧，不要害怕，妳會逐漸的睡去，當妳醒來時，妳還是妳。」

關來娣乖巧的沒有多問，而是依言去到劉師傅女兒躺的那張床上去躺下了，或者她是忍不住好奇，側頭看了一眼，然後臉上的神情一下子就變得驚恐，然後下意識地捂住了自己的嘴，但始終沒有叫出來。

這女孩子的心理承受能力比我好，至少我第一次看見，是狼狽到吐，可她只是驚恐地捂住了嘴。

劉師傅歎息了一聲，從懷裡摸出一個小瓶，那個小瓶我認識，就是上次讓他女兒陷入昏睡的那個藥瓶子，他走過去，而關來娣低聲說了幾句，然後也把小瓶放在了關來娣的鼻子邊上，只過了一小會兒，關來娣就陷入了沉睡。

做完這一切，劉師傅暫時離開了這間房間，過了一會兒，他回來了之後，拿了兩套道袍，兩頂混元巾，兩雙十方鞋，對我說道：「換上吧，這屬於大術，至少衣著上也得正式。」

其實，說起來，我和劉師傅都不是什麼大脈正統，在穿著上沒有那麼講究，混元巾是道家九巾之首，但多半是全真道士穿戴，我們嚴格說起來，其實應該算做茅山道士，該穿戴的是莊子巾，但這是為了正式穿著，對上天的尊重，倒也沒那麼講究。

這兩身衣服很是普通，不像師傅留給我的一套衣服，上面暗含法陣，對施術有所輔助。

穿戴完畢以後，劉師傅開始了漫長的上表天聽，通過一次次的禱告，祈求得到上天的同意，其實祕術是開始繞開這一過程的，祕術有很多種，說起來就是暫時「欺瞞」天聽天視的，但劉師傅說過，為他女兒要把此術的影響縮減在最小，不準備繞過這一步。

但最多，他也就能上表九次，九次若然不果，他也只能忍著因果，進行這一套祕法。

上表是一個漫長的過程，在這過程中我也不敢有絲毫不敬，老實端正地站在法壇之後，靜靜地等待。

天道給予的什麼結果，會通過手中的聖筊得到答案，而所謂聖筊是兩個月牙形的角製物，它透露的資訊不會太多，只會通過吉凶告知答案。

一連七次，劉師傅得到的答案都是大凶，這是天道不允的表現，在第八次的時候，劉師傅雙膝下跪，在念完禱文以後，動情地說道：「我只求上天能成全我兩年父愛，我願一人背負十世因果。」

一人背負十世因果？我心裡一驚，而劉師傅又一次摔出了聖筊，這一次得到的答案，終於是可行了。

接下來就是正式的施術，這種術法從某種意義上來說是偷樑換柱般的邪術，具體的過程我不願意詳細去回憶，而大概就是先用祕法喊出兩個生魂，一個生魂收於劉師傅事先準備的陰器，而另一個生魂則佔據關來娣的身體。

這中間最關鍵的地方就是喊魂術，畢竟是喊出生魂，而不是亡魂，容不得一絲紕漏。

當初沈星的亡魂在這裡，劉師傅是萬萬不敢施展此術的，因為沈星的亡魂會不由自主的被叫來，這樣會引發混亂，簡單的說，雖然屋裡的大陣能屏蔽亡魂的一些作用，但是那麼近的距離之下，劉師傅不敢打賭。

而且這個術法還有更多的忌諱，就比如渡就是十分重要的，渡過了，一個清醒的人的靈魂都會被喊出來，而昏睡著的人的靈魂則會被震傷，渡小了，則根本喊不出來生魂，而我的靈覺，就好比一把尺子，一直在幫劉師傅丈量著這個渡。

我曾說過，這是一場大術，我說來簡單，但這其中動用的術法就很多了，只是不能詳說，在這場大術完畢以後，已經從上午十點，到了晚上八點，整整十個小時。

成術以後，劉師傅整個人就像從水中撈出來的一般，全身汗水淋淋，顯得分外虛弱。

而我一直使用著最高的靈覺，整個人也頭痛欲裂。

只是過了一小會兒，躺在床上的關來娣醒來了，她坐了起來，臉上再也沒有那種呆呼呼的表情，眼神也不再是愣愣的了，雖然她的五官沒有變，但這些神態已經證明，此刻關來娣已經被換了一個靈魂，她現在真正的身份是劉師傅的女兒。

劉師傅的眼中閃過了一絲激動，而床邊上坐著的那個關來娣像是不敢相信一般的開始活動自己的身體，摸自己的臉，甚至不在乎我一個男人在房間裡，掀開衣服就看自己的身體，弄得我只好轉過頭去。

就這樣，她激動了好一會兒，忽然動情地對劉師傅說道：「爸，這是你做的嗎？我以後可以這樣活著了嗎？」

劉師傅欣慰地點了點頭。

「真好，真好！」劉師傅的女兒一下子跳了起來，甚至難掩情緒的激動，在屋子裡轉了兩圈，她大聲地說道：「我要吃很多好吃的，我要像電視裡的女孩子穿漂亮的衣服，我要去旅遊，我要……」

劉師傅帶著笑容，都一一地應承著！

而我看著狀若瘋狂的劉師傅的女兒，心裡不禁想到，健康是福，可能只有失去過的人才知道它的珍貴，很多人對自己的命運怨天尤人，可他們哪裡知道，自己擁有一個健康的身體就是最大的福分？

看看劉師傅女兒的興奮吧，她此刻忽然擁有了健康的幸福哪裡是別的幸福能替代的？這是最大的幸福！

但我心裡也隱隱有些擔憂，我發現劉師傅自始至終沒有說過兩年的事情。

此時，劉師傅的女兒已經結束了最初的興奮，有些厭惡的指著床上自己那具已經完全失去了生機的身體說道：「把這個處理了。」

那聲音沒帶一絲感情。

第八十八章　三天再見

這樣的女兒可能讓劉師傅有些尷尬，望向我的眼神是讓我理解。

我當然可以理解那具身體給她帶來了多少的痛苦，也明白這種忽然健康了的感覺，就如一個在監獄裡長期服刑被釋放出來了的犯人一樣，肯定是有一種極度的興奮。

我無權去指責別人對自己曾經身體的態度，雖然這個說法有些怪異。

「沒事兒的。」我理解地對劉師傅說道。

劉師傅帶著一些歉意對我說：「去那間屋子等我吧，我還有一些事情要對你交代。」

「嗯。」我點點頭，轉身欲走，卻不想被佔據了關來娣身體的劉師傅女兒叫住了。

她眉眼間帶著一些飛揚得意地問我：「我這裡沒有鏡子，你跟我說，這張臉好看嗎？我還沒有談過戀愛，可羨慕電視上那情情愛愛的了，你談過戀愛嗎？……」

這個問題讓我有些尷尬，什麼意思？

劉師傅的老臉掛不住，覺得他女兒對一個年輕的陌生男人說這種充滿暗示性的話，是他的思想有些不能接受的，他忍不住呵斥道：「說什麼呢？不要說了，爸爸希望妳穩重一些！」

我可以理解劉師傅女兒那種感覺，一旦擁有了健康，就感覺自己全世界都擁有了，我儘量禮貌地說道：「這張臉很清秀的。」

可是劉師傅的女兒或許沒有被劉師傅用這樣嚴厲的口吻教訓過，一下子就發怒了，她用尖厲的聲音吼道：「不是我要活的，是你強逼著我活下去，現在我好了，我忍受了那麼多年，我想要說什麼，做什麼，我就要由著自己，大不了你弄死我啊！」

這顯然是一種壓抑的過後的瘋狂，我覺得劉師傅挺尷尬的，乾脆轉身走了出去。

只是在走出去的時候，我依然聽見那尖厲的聲音在說話：「這穿的是什麼啊，給我錢，我要買漂亮的衣服……」

我不想再聽下去，其實我知道她可憐，她以前的那種痛苦絕對不是常人能夠忍受的，所以我讓自己不要討厭她此刻的張狂，因為她現在也可憐，她父親付出了那麼大的代價，換來的不過是她兩年正常女孩兒的生活。

坐在那間陰暗的小屋，我捏了捏額角，這樣能稍微緩解一些頭疼，接著，我點上了一枝菸，有些感慨，很多人都以為自己的生活平凡，可回頭看來，每個人的人生都是一個故事，正是由這些平凡最終構成了不平凡。

時間在流逝，歷史在前進，我們現在的生活，放在五百年以前，就可以讓古人驚呼，這是神仙般的生活吧？

那五百年後呢？能不能有玄學發揚光大的一天？也讓今人驚呼，那個時候的人們的心就純淨瀟灑得如神仙一般？

吐出一口菸，我就笑了，我承認，我想多了。

我整整等了劉師傅十分鐘，他才出現，他女兒的恢復雖然鬧出了一點點不愉快，可我也不得不承認，此刻的劉師傅彷彿精神都好了很多，頗有一種人逢喜事精神爽的狀態。

「讓你見笑了，珍夢有些失態了，我剛才讓她下去，假裝了一下關來娣，給關家人打了一個招呼，說是兩年之內就跟著我了，讓他們別掛心。不過，那關愣子不在乎，一疊聲地催我拿錢，要現錢，給銀行卡都不行，倒是那婦人，還一副放了心的樣子。」劉師傅一說就是一大堆，顯然他此刻的心情也處於一種興奮的狀態。

珍夢？我倒是第一次聽說劉師傅女兒的名字，珍貴的夢想嗎？我從來不懷疑劉師傅對他女兒的愛，我問道：「為什麼不給你女兒說只有兩年的時間呢？」

劉師傅楞了一下，然後才歎息著說道：「第一，她才能正常的享受生活，我不想說出這個真相打擊她。第二，這第二嘛……你知道的，這麼多年陰暗壓抑的生活，珍夢這孩子了，有一點，有一點……」

劉師傅有些說不下去了，畢竟是他的女兒，我猜測他不想用偏激極端這樣的詞語來形容自己的女兒，為了不讓劉師傅尷尬，我揮揮手說道：「好了，劉師傅，你不用說了，我能理解。」

面對我這種態度，劉師傅感激地笑笑，然後很認真地對我說道：「但是你放心，兩年後，我會帶著她一起走的，我會完成這個術法，只是……」劉師傅拿出那個極品的陰器遞給了我，然後望著我。

我明白他的意思，收下了那個裝著關來娣魂魄的極品陰器，說道：「這也是我的因果，這個我會好好收著，守著！兩年後，關來娣的回魂就交給我吧。」

「謝謝你，我將盡我所能地幫助你，真的。」劉師傅第一次用感激的眼神望著我，他是在承諾在昆侖一事上，他會不遺餘力地幫助我。

或許比他事先承諾我的更多！

「劉師傅，謝謝你。」這也是我真誠地說的，其實我在想，如果不是劉師傅有他女兒這個牽掛，他會不會也踏上尋找昆侖之路呢？畢竟他也是昆侖之後，而且不像我們一脈，到了我們這一代，所有的消息都被嚴格地封鎖了。

「不要謝我，你這個小子讓我喜歡。三天，三天後的上午我在這裡等你，好嗎？我需要整理一些資料給你，這是其一，其二，你知道我有很多事情要處理，就比如明天要去銀行取錢給關家，他們要現金。還有就是我女兒的身體……」

是的，取錢給關家倒也罷了，劉珍夢以前的身體確實是個麻煩，不過劉師傅在此經營那麼多年，他的人脈關係也是可怕的，我相信他是有辦法的。

按說，事情到了這裡就算完了，可我有一件事情放心不下，我忍不住對劉師傅說道：「劉師傅，我有一個不情之請，你拿五十萬出來，是真的全部給關愣子嗎？我不喜歡他！你知道這件事情付出代價的是關來娣。」

「我的錢不算多，但也不少，幾百萬總是有的，對於這次的事情我怎麼可能小氣，其實我是預備了一百萬，這五十萬是給關家的，他們要怎麼用，我其實管不了，我只是悄悄吩咐了那婦人，我會把大部分給她，讓她留著為孩子打算，她聽與不聽，這個……」劉師傅輕聲地說道。

我明白，有一種人，你只能這樣形容她，哀其不幸，怒其不爭，畢竟是自己的命運，旁人是毫無辦法的！

「至於另外那五十萬，等兩年後，我會給關來娣！或許，給她更多也說不定。在某種意義上，她也算我半個女兒了。」劉師傅這樣對我說道。

我點頭，這樣的處理方式是最好的。

「承一，關來娣有些傻，她的命格和我女兒何其相似，我看到她，就如看見我的女兒，我希望你能照顧她，在以後！」劉師傅認真對我說道。

我站起來，也對劉師傅說道：「其實你不說，我也會這樣做，從某種意義上，我也欠了她兩年的生命，為了我自己的私心，想找到師傅，我們三天後見吧。」

走出了劉師傅的家，已經是夜裡九點了，這個時間原本應該是滿天星光的，可惜，我已經忘記了，從什麼時候開始，在城市裡已經不容易看見星星了。

開車行駛在大街上，那種屬於夏季的特有的燥熱氣息撲面而來，我卻沒有使用空調，只是放下車窗，任憑這熱風拂面，在街上那麼多三三兩兩的行人，每個人的背後又是一些什麼樣的故事？

紅塵練心，這幾天經歷的別人的故事太多，讓人留戀紅塵的時候，又感慨紅塵的苦澀。

可最應不捨是人間，我的心境從來都只有這樣的高度，我只是覺得無論有多少的苦澀，當人間的萬家燈火亮起的時候，這些點點的溫暖，就會撫平我內心的傷痛，那些燈火，就是人間溫暖的最好證明。

我願一世能獲得那樣平凡的幸福，在燈火的背後，是我師傅和父母的晚年喜樂平安，我與我的妻子恩愛平淡……

第八十九章 方向

三天的時間我都在陪伴著慧根兒，這小子從學校出來，也少了兩位老師的限制就跟出籠的小鳥兒一樣，飛得那叫一個歡快，每天他最大的愛好就是纏著我給他買衣服。

買衣服給慧根兒我肯定不會捨不得，但我們每次都會爭吵，我實在是對那些大褲襠，大褲腳的褲子欣賞無能，也對那些花花綠綠的衣衫鞋子本能排斥，可最終輸的一定是我，我經不起那小子磨。

在這三天，承心哥也恢復了正常，溫文爾雅的笑容又重新掛在了他的臉上，他很平靜，但話很少，只是不再喝酒，我沒有去問他是真的放下，還是假的放下，我知道一些傷痛需要時間。

第三天的早晨我要去劉師傅那裡，慧根兒要承心哥帶著他去逛街，這小子比女人還愛逛街，然後他們倆就坐了我的車。

在車上，我們商量著吃什麼早飯，因為慧根兒是吃素的，原本說好的豆漿油條，只是路過一條街道的時候，我發現了一家早早開門的蛋糕店，估計正在烤製蛋糕，香氣竟然瀰漫了半條街道。

我在街邊停車，對慧根兒說道：「等著，哥去給你買個蛋糕吃。」在我的記憶中，慧根兒最愛吃的就是蛋糕，不過那麼多年，我已經忘了這件事情，今天蛋糕的香味又讓我想起了這一茬。

可我的話剛落音，我就後悔了，我一下子想起在那個時候，有個小傢伙哭著對我說，他再也不吃蛋糕了。

難道是時間過得太久，我已經忘記了那麼多具體的傷痛，心裡只剩下找師傅這個念頭了嗎？

果然，我還沒來得及收回這句話，就聽見慧根兒平靜的聲音從車子後座傳來：「哥，我不吃，我一聞那味兒，我就想哭。」

我沉默著啟動了車子，一時間，車上的三人都有些傷感，彷彿又回到了五年多以前的竹林小築，我們失聲痛哭，沉浸在悲傷中的歲月。

首先打破沉默的是承心哥，他對慧根兒說了一句：「其實也不關蛋糕的事兒，想吃就吃吧。你是佛門中人，修心的要求比我們這些道家人更嚴格，不要因此有了執念。」

慧根兒說道：「我也知道不關蛋糕的事兒，可我怕我吃了蛋糕以後，回頭一看，又失去了一個重要的人。」

我自始至終沒有說話，這心傷真的會牽連到許多事情，就如這麼多年，我一次也不敢回竹林小築。

我再一次來到了劉師傅這裡，至於承心哥和慧根兒已經去逛街了，畢竟時間過了那麼久，我們已經學會了，每當難過的時候，就立刻調整自己的心情。

整棟樓裡只有劉師傅一個人，我坐下之後，出於關心問了一句：「劉師傅，事情都搞定了嗎？你女兒呢？」

「事情解決了，至於珍夢逛街去了，這些天她總是閒不住，她覺得這房子太壓抑了，問著我買房子呢，說是想住在繁華的地方。」劉師傅無奈地笑著說。

「那你買嗎？」我很好奇，只有兩年的時間，劉師傅會怎麼處理這件事情。

「買啊，只要她開心，只要我能承擔，我就會為她做。」說起這件事，劉師傅的眼神中盡是柔和的寵溺，我相信劉珍夢要星星，劉師傅要是有辦法都會去為她摘。

可是這樣的寵溺，好嗎？我微微皺眉，可我不能對別人的家事指手畫腳的。

頓了一下，我問道：「劉師傅，現在可以給我講講昆侖的事情了嗎？」

劉師傅笑著從抽屜裡拿出了一個本子，遞給了我，說道：「在講昆侖的事情之前，我要先給你這個，這是我這幾天整理出來的你師傅的人脈關係，仔細看了又看，應該是沒有什麼遺漏了。」

我拿過本子，翻開了一頁，在這上面確實是很詳細的消息，不僅提供了人名、年紀、住哪裡，還有與我師傅關係的描述，這的確是對我很有幫助的。

但是這裡不是詳細看這個的地方，我只大略掃了一頁，就把本子放下了。

而劉師傅則給我解釋道：「這裡面有好幾個人都不好找到，他們的層次在我們修者界，應該都能稱呼為地仙了。可能你真的要去到昆侖，最重要的線索在他們身上。」

「那你給我的線索呢？你不說你的線索才能登上昆侖之路嗎？」我有些疑惑。

「那是當然，我不會欺騙你。只不過，我的這條線索，不確定性太多，要辦到也很難，如果有一天這條線索，你追尋無果，你可以試試這些人脈。」劉師傅如此對我說道。

「我會的。」其實如果可以，我是不想去找這些本子上的人的，畢竟他們都是我師傅認識的人，我不想去麻煩他們，這其中的原因，一是為了維護師傅的面子，畢竟徒弟找自己的熟人朋友幫忙算怎麼回事兒？第二是為了保密師傅失蹤的事兒，畢竟昆侖之後這個名頭在圈內太危險。

「那好吧，我就先給你說八個字，這八個字就是我給你說的最重要的線索，那就是欲尋昆侖，先找蓬萊。」劉師傅很是嚴肅地對我說出了這八個字，一點兒也不像是在開玩笑。

可我瞪大了眼睛，我認為劉師傅是在開玩笑，一個昆侖就已經夠讓人頭疼了，怎麼蓬萊也冒出來了？蓬萊不是傳說中的仙島嗎？我在哪兒找去？

我的表情顯然出賣了我，劉師傅歎息一聲說道：「別被傳說迷惑了雙眼，有時傳說剝開了外皮，也不是那麼神奇的！我祖上曾經就說過，要回昆侖，最捷徑的辦法就是如此，先找到蓬萊吧。」

「可是蓬萊我要怎麼找？」是的，我也贊成不要被傳說迷住了雙眼，昆侖既然都有可能存在，蓬萊又有什麼不可以存在的？問題的關鍵在於，我對蓬萊根本就沒有一點點瞭解，比對昆侖還不如。

「具體是這樣的，不知道你有沒有聽過那麼一個傳說，我們國家發現了好幾次神祕的浮島，可是用先進的科學儀器卻又探測不到！它們偶爾會出現，但消失得也突然，原本這個消息是絕密的，之所以有幾次會流傳出來成為傳說，是因為它們被普通人看見了，消息也就流傳出來了。」劉師傅淡定地跟我說道。

那是網路才興起不久的時候，資訊遠遠沒有現代那麼發達，傳說的流傳度也很地域局限，顯然這些傳說我是沒有聽說過的，只是我的呼吸也急促了起來，如果說浮島的話，它和飄渺虛無的昆侖比起來，確實要現實得多，我不確定地開口問道：「劉師傅，你的意思是說……？」

「對，我的意思很明顯，不要被傳說蒙蔽了雙眼，那浮島就是蓬萊。」劉師傅堅定地對我說道。

「可是，我該如何去尋找那些浮島？你又怎麼能如此的肯定？」我微微皺著眉頭問道。

「我能如此肯定，是我的父親告訴我的，這是我們家世代流傳下來的祕密，因為我告訴過你，我們祖上是昆侖人，這個消息的源頭就是來自於他。至於如何尋找浮島，這個問題我很難回答你，你恐怕要在江河湖海上耗費半生的時間了，可能會沒結果，可能幸運的話，幾年你就可以有結果了。」劉師傅如此對我說道。

「但問題是，全世界那麼廣闊的海洋，那麼多河流，我總要具體的有個線索吧？」我皺眉說道。

「當然，我不會讓你那麼盲目地去尋找，線索我也會給你。」劉師傅微笑著對我說道。

不得不承認，劉師傅這裡得到的線索，是那麼多年以來，我得到的最有意義的線索，我終於為未來的昆侖之路，找到了一個明確的方向！

第九十章　走蛟的背後

劉師傅不是一個含糊的人，說是要給我提供線索，便馬上有所行動，他從抽屜裡掏出了一張地圖，擺在了我的面前。

我其實比較疑惑劉師傅的抽屜會不會就跟那些苗女似的，是叮噹貓的抽屜，怎麼什麼東西都有？但目光卻被那張地圖所吸引了，我很想知道那是一張什麼樣的祕密地圖。

但是我只看了一眼，便對那張地圖沒有了興趣，那只是一張很普通的世界地圖，如果說有什麼特點，無非就是它鋪開比一般的地圖大上那麼一些，上面的標識更容易看得清楚一些。

劉師傅在我面前擺一張世界地圖是個什麼意思？

但我還是沒有表現出來什麼焦急，因為我相信劉師傅不會做莫名其妙的事兒，他一直是一個挺有效率的人。

果然，慢慢地擺好地圖以後，劉師傅從桌上的筆筒上拿出了一枝紅筆，開始在地圖的一個又一個地方畫起了圓圈。

很快，一張地圖就被他勾勒了二十幾個地方。

不過紅圈有所不同，有些是單重的紅圈，有些是雙重的紅圈。

畫完了以後，劉師傅仔細盯著看了半天，才滿意地放下筆，指著其中一個雙重紅圈對我說道：「這雙重紅圈代表浮島曾經出現過的地方。你仔細看看吧！」

我一眼看去，在地圖上雙重紅圈標識的地方有十幾處之多，而且並不一定是在華夏的海域內，世界大部分地區的海域都有出現，只不過集中出現在東亞，特別是華夏的會比較多。

我仔細看了很久，才抬頭對劉師傅說道：「劉師傅，這其中沒有什麼規律啊，除了在華夏出現的特別多。但為什麼世界各地都會有，蓬萊仙島可是我們國家的傳說啊。」

「你的眼光不能那麼局限，或許我們中國叫它蓬萊仙島，國外另有說法呢？你知道十六世紀末，西方開始了大航海的時代，你如果有興趣，可以找找海盜的後裔，或者找找那些航海先驅們的後裔，聽聽他們的說法，聽聽他們祖上傳下來的故事？」劉師傅微笑著對我說道。

此時，我對這個風乾橘子皮一般的笑容已經沒有半分抗拒了，我很習慣。

劉師傅的話讓我摸著下巴開始思考，好像很有趣的樣子，我在此刻忽然有一種覺得自己生命的時間不夠用的感覺，其實我哪有時間去收集這些資料。

劉師傅單手敲著桌面，然後說道：「我們劉家自從得到昆侖傳承後，也曾有過輝煌的時候，在那個時候家裡人丁不薄，有先祖熱衷於修煉的資源和能帶來方便的權力，自然是往國家靠攏，也有先祖如閑雲野鶴一般，一生在求道的時候，也盡力去追求一些存在的證明，你要知道華夏為東方大陸的代表，華夏有昆侖，而西方不是也有亞特蘭蒂斯嗎？」

「你的意思是……？」在那一瞬間，我發誓我對這個世界充滿了好奇。

「我的意思很簡單，這些浮島出現過的地點，就是我家世代先祖得到的祕密的，可靠的資料。其實我家族對很多神祕的事件，都有一些祕密的資料。無奈你也知道盛極而衰這個道理，我家的人丁越來越淡薄，到了現在，這個曾經在隱祕的世界裡輝煌過的劉家，只剩兩年的存在時間了，我常常在想，為什麼會這樣，難道我家是違背了昆侖傳道的本意，才落得個家族凋零嗎？」劉師傅的語氣有些傷感，這是我第一次發現他除了女兒之外，還有在意的事情。

同時，我也為這一支昆侖之後感到傷感，兩年後，劉師傅會和他的女兒同時而去，那個時候也就宣告了這個家族的消亡。

一時間，我們沉默無語，劉師傅的眼神中先是傷感，而後竟然漸漸平靜，他說道：「罷了，盛衰豈由人，終究不過是浮華一夢，生前的羈絆！不得大道，縱有千般好，也是徒添傷感……」

我不知道如何評論，只是低頭沉默，劉師傅說得有些消極，可也說出了一個真理，身死之後，生前百般風光，也是南柯一夢，終於與自己再無關係，除非能跳出輪回。

雖然一直有輪回一說做為靈體的終點，但事實上，沒去走過一遭，始終心底還是沒譜的，誰知道輪回又是不是一種回歸，或者說靈體的重新組合呢？人到底是沒安全感的東西，也包括我，我一直以來，對地府一說根本就是不信，而輪回到底具體是一種怎麼樣的形式，我也充滿了猜測。

可此刻顯然不是思考這麼深沉的問題的時刻，劉師傅對我說道：「其實在同一個地方出現的機率，比在一個新的地方出現的機率要小得多，之所以給你標識出這個紅圈，只是想讓你注意一點規律，這也是沒有規律的規律了。」

這種暗示已經非常明顯，我抬頭說道：「我明白了，在哪個地方出現的特別多，就特別值得我一去，這是一個概率的問題，對吧？」

「就是這個道理，但這只是其中的一環，另外一環就要關係到一些民間的傳說了。」劉師傅的手指還是不停的再敲打著桌面，神情平淡地說道。

而我洗耳恭聽。

「這裡，這裡，這裡……」劉師傅一連指了幾個地圖上的單層紅圈，然後又指了地圖上的另外一個雙層紅圈，對我說道：「這裡對應這裡，這裡對應這裡……」

指完地圖，劉師傅抬頭對我說道：「我的意思是從這些河道對應的海域，出現的機率相對較大，你看出來沒有。」

「什麼意思？」在沒弄懂單層紅圈代表的意思時，我確實不明白劉師傅表明的是一個什麼樣的規律。

他指的河道和海域範圍太廣，就比如黃河、長江、印度河、亞馬遜流域全部被他點明了。

「沒懂也很正常，我們來說回剛才提到的民間傳說吧！這個民間傳說就是——走蛟！」劉師傅慢條斯理地說道。

「這哪裡是傳說？」我驚呼道，其實我沒有見過走蛟，可是我不只一次見過蛇靈，特別是小時候那一次見過的蛇靈，那靈性我簡直無法形容。

那一次，我師傅甚至親自給它封正！

我師傅不會騙我，我堅信是有走蛟那麼一回事兒。

「呵呵，於你我來說，當然不是傳說，我口中這個『傳說』的意義，不是神話傳說的意思，指的是在民間，世世代代見識過走蛟的人不少，於是成了口口相傳的說法，我是這個意思！當然民間的傳說，多有一些添油加醋之意，但事情的本質是不會變的。」劉師傅淡然地說道。

「事情的本質是什麼？」我覺得我今天的反應慢極了，就是不懂劉師傅的意思。

「傻小子，事情的本質就是蛇化蛟入江河，蛟入海化龍，你懂我的意思了嗎？」劉師傅雙目精光閃過，這估計就是祕密最核心的部分了。

說完，他不再多說話，而是頗為悠閒地抿了一口茶，有一種讓我自己領悟的意思。

我看著地圖，腦中翻騰著劉師傅告訴我的那句話，蛟入海化龍，龍？華夏國的神龍？

忽然，我一下子明白了，這個想法頓時讓我激動不已，忍不住一拍桌子，大聲吼道：「劉師傅，我明白了！」

劉師傅笑了，望著我說道：「明白了，說來聽聽啊？」

「龍是存在的，曾經有一個國寶級的天才科學家給我透露過，在……有那一點兒標本，而歷史上龍的傳說一直就沒有停過！但就是如此，我和師傅也曾討論過一些歷史的事件，能具體存在被人發現的，一般都是蛟，而非龍，真龍到哪裡去了？它們為什麼要入海？它們其實一直都在吧，為什麼我們看不見，因為有一個所在——昆侖，而昆侖按照我得到的線索，它或者是與我們重疊著的所在！龍……化龍，上蓬萊，再……」我激動得語無倫次，大聲地說道，也不知道劉師傅有沒有聽懂。

劉師傅點頭說道：「就是這個意思！但是你的想法不要局限於龍，龍是華夏的圖騰，但不代表正果只有它能享受！」

第九十一章　各自

此刻我內心充滿了激動，面對劉師傅的說法，我直接催促著問道：「劉師傅，你能說具體一點嗎？」

「很簡單，江河中的老怪不少，找到它們也是有線索的，畢竟等一次成功的走蛟太難太難啊！我給你勾勒出來的地點，都是極有可能藏有老怪的地點。

這些老怪潛心修行，也不是說它們就快得果，簡單地說到了一定的層次，就不會待在這個地方啦，極有可能就會去到蓬萊，而這份地圖上所標註的這些老怪，時間是快到了，懂了嗎？」劉師傅認真地說道。

我當然懂，那麼些年，我終於得到了一份堪稱珍貴的線索，劉師傅不必明說什麼，我就知道那些單層的紅圈背後所蘊含的價值！

看我興奮的樣子，劉師傅忍不住咳嗽了好幾聲才說道：「小子，你也別太興奮，你要知道一件事情，老怪也代表著危險，懂嗎？所以，我才提前跟你說，如果這條線索不行，就動用你師傅的人脈吧！畢竟去到昆侖也不是只有一個辦法，有些傳說很讓人震驚的。」

危險，我自然知道，老怪們哪有那麼好將與的，但我好奇什麼樣的傳說讓人震驚？

劉師傅早在和我一問一答中培養了默契，看見我詢問的眼神就直接解釋道：「得到承認的崑崙之後，能自由地再回崑崙，其中是不是有什麼限制我不知道，但圈子裡是有那麼極隱祕的傳說。」

這個回答和我在鬼市得到的一些答案不謀而合，難道我師祖……？我沒有繼續猜測，人最怕的就是得不到證實的猜測，那對人生來說，無疑是一種折磨。

而在這之後，我又和劉師傅閒聊了幾句，無非就是問他崑崙會是一個什麼樣的所在，會在哪裡？

關於這個，好像無所不知的劉師傅也沒有一個確切的答案，和我討論了半天，我們竟然一致認為崑崙應該是像「容身之所」那樣的所在。

和劉師傅的談話無疑是愉快的，我們從上午一直談論到了午飯時間，他給我講了不少圈子裡的事兒，關於我惹上馮衛，他也表示了憂心。

他告訴我馮衛是一個無所不用其極的人，如果有必要最好動用一下我師傅的人脈。

我光棍氣質發作，倒不是很在意，對劉師傅說，如果我應付不了再說吧，道士之間無非就是鬥法，如果不能正式鬥法，就是拚手段，拚祕術，我自問這方面還不會輸給他。

難不成他會瘋到拿一枝槍來開槍殺我？就算他在華夏有能為他收拾殘局的人脈，但也絕對不會這樣做，這樣做臉就丟到祖宗那裡去了！不要以為修邪道的就不在意名聲，他們或許可以卑鄙，就是不能壞了傳承的名聲。

叫了外賣，和劉師傅算是開心地吃過以後，我就懷揣著這份珍貴的地圖和人脈冊子，離開劉師傅的家。

只是離開的時候，我忍不住回頭看了看這棟小樓，夾雜在漂亮的樓房中，顯得有些醜陋尷尬的小樓，我第一次見到它是在一九九〇年。

這是我第二次和它的交集！

第三次呢？小樓的主人還會不會在？那個可怕的兩年之約……有些傷感，我終究沒敢想下去，在午後灼熱的陽光下，戴上了墨鏡快步離開。

我的人生終究是奔波而忙碌的，在我得到線索的那一天，就把線索立刻與承心哥分享了，而承心哥則馬上打電話把承清哥硬生生地叫來了。

承清哥來以後，承心哥一把就把地圖扔給了承清哥，說道：「測個吉凶，算個路線，小事兒一樁吧？」

這倒把承清哥弄得莫名其妙，忙問這是怎麼回事兒？

慧根兒在旁邊吃著素餡兒的包子，聽承清哥問咋回事兒，一口就吞下了半粒包子，然後手一拍，嘴裡含糊不清地說道：「我來說！」

這小子就愛演講！

在慧根兒繪聲繪色的敘述下，承清哥很快就鬧明白了是怎麼回事兒，一向穩重的他竟然也激動了起來，只要他還不是傻子，就該明白這條線索有多麼珍貴。

他收起那份地圖，說道：「這張地圖就由我來保管了，要得到百分之百的吉凶，甚至算出哪一條路對我們最有利，這可不是小事兒一樁，是大事兒，和沒常識的人說這個，真是讓我頭疼。」

顯然，我這嚴肅的大師兄是憤慨承心哥剛才的輕描淡寫，承心哥才不敢和威嚴味兒十足的承清哥爭辯，趕緊雙手抱拳，對承清哥搖了搖說道：「哥，我錯了還不行嗎？這份地圖你和承真、承願共同研究吧，你們都有一些卜算啊，看風水，定運程的本事兒，我和承一就不插手了。」

「嗯，這就是我想的。」承清哥對這句話倒是滿意，但很快他就提出了他的看法，生生的難住了我們：「這出海可不是想出就出的，這中間有許多事兒要弄清楚，可能還需要人脈才能弄下來！況且，還需要很多的錢支援我們的行動，想想吧，要咋解決？」

這真的是問題的關鍵啊，承清哥的分析就如給我和承心哥當頭潑了一盆冷水，讓迫不及待明天就想出發的我們一下子冷靜了下來。

最後的結果是，我們把承真與承願也招來了天津，然後共同商討！

商討的結論則是三年！

各自負責出海或者賺錢的事宜！每個人都有自己的任務。

也就是說，我們需要用三年來準備這些瑣事，但承心哥也提出了一件事：「我需要和承一去一趟東北老林子，那個很重要，剛才我也提到了參精的事兒，這個必須要去。」

承清哥一皺眉頭，問我們：「半年時間夠不夠？」

「差不多了吧？」承心哥自己也不是很確定。

「時間可以鬆動的，以後賺錢的大任還要我們兩個師妹扛起來，風水什麼的是很吃香的。」承清哥無奈地說道，唯今之計也只有這麼分配。

承真扮了個鬼臉，說道：「好意思嗎？三個大男人竟然把賺錢的重任放在兩個女人身上。」

我們三個男人的臉皮也確實「厚」，一個個都當沒聽見，倒是慧根兒這小子，一邊玩著手中的PSP，一邊說道：「能者多勞，能者多勞！」

一聽這話，承願毫不客氣地走過去，對著慧根兒那已經不是圓蛋兒的臉掐了一把，弄得慧根兒委屈地摸著臉說道：「額長大了，額是帥哥，請不要給帥哥小圓蛋兒一般的待遇，謝謝。」

這一番話弄得我們哄堂大笑！

而在笑聲中，承心哥提醒我：「記得跟如月，嗯，還有如雪說說這事兒，她們也沒有放下凌青奶奶的，知道了嗎？」

如雪？我感覺自己好像很久沒有見到她了，可明明去年的冬天還一起看過電影啊！想著，我又一次快見到她了，我的心還是不受控制地跳了起來。

但我勉強地維持著鎮定，很是淡定地對著承心哥點了點頭！

就如開始所說，我的人生是忙碌而奔波的，師兄妹們的天津小聚，只是維持了兩天的時間，便匆匆地各奔東西，我們都有各自的很多事情需要完成。

我和承心哥也分別了，他有他的事要做，而我則是要去一趟月偃苗寨為愛琳聚魂！

最終，我帶著慧根兒踏上了去昆明的飛機，我甚至連回去一趟的時間都沒有，也不知道爸媽是否記掛我了，酥肉這小子是否也在抱怨我還不回來！

我有一個壞毛病，走去一個地方，就會換一張手機卡，常常很多人都聯繫不到我。

我這一離開，就是那麼久，但願能趕在酥肉的孩子出生前回去一趟！

（《城中詭事(2)》完）

高寶書版集團
gobooks.com.tw

DN 169
我當道士那些年 II（卷二・城中詭事）

作　者　仐三
編　輯　蘇芳毓
校　對　余純菁
排　版　趙小芳
美術編輯　宇宙小鹿
出　版　英屬維京群島商高寶國際有限公司台灣分公司
　　　　Global Group Holdings, Ltd.
地　址　台北市內湖區洲子街88號3樓
網　址　gobooks.com.tw
電　話　(02) 27992788
電　郵　readers@gobooks.com.tw（讀者服務部）
　　　　pr@gobooks.com.tw（公關諮詢部）
傳　真　出版部　(02) 27990909　行銷部 (02) 27993088
郵政劃撥　19394552
戶　名　英屬維京群島商高寶國際有限公司台灣分公司
發　行　希代多媒體書版股份有限公司/Printed in Taiwan
初版日期　2014年1月

國家圖書館出版品預行編目(CIP)資料

我當道士那些年 II（卷二・城中詭事）／仐三著 --
初版. -- 臺北市 :高寶國際出版 :
希代多媒體發行, 2014.1
面；　公分. -- (戲非戲169)

ISBN 978-986-185-958-3(卷二 : 平裝)

857.7　　102027160